もふもふで始めるのんびり寄り道生活

Mofumofu yorimichi seikatsu

便利なチートフル活用でVRMMOの世界を冒険します!

ゆるり

Illust.

にとろん

登場人物紹介
レナード
一級錬金術士。紹介状があると錬金術を教えてくれる。さらに仲良くなると弟子にしてくれる。
アリス
はじまりの街に住んでいる女の子。魔石集めが趣味。仲良くなると、秘密の地図をくれる。
モモ
激レア種族、天兎《アンジュラパ》の旅人《プレイヤー》。好奇心が旺盛で寄り道が大好き。行く先々で色んな人と仲良くなっちゃう。好きな食べ物は桃。

Mofumofu yorimichi
seikatsu
ルト
旅人《プレイヤー》。
ぶっきらぼう。
天然のリリを
いつも心配している。
リリ
旅人《プレイヤー》。
明るく優しい性格。
よくニコニコ
笑っている。

第一章　はじまりの街

箱に入っている最新式ＶＲゴーグルを手に取る。黒と赤の色合いとスタイリッシュな見た目がカッコよくて、持っているだけでテンションが上がる。

これはフルダイブ型ＶＲＭＭＯを体感するための装置だ。脳波を捉え、脳に微弱な信号を与えて睡眠状態にし、夢を操作するらしい。プレイヤーは夢の中でゲーム世界を体感できるってこと。

普通のＶＲゴーグル同様、睡眠状態にならずに視覚だけでＶＲ世界を楽しむこともできるけど、そんな使い方じゃもったいない。ゲーム世界にフルダイブして五感で堪能できるっていうのが、この最新式ＶＲゴーグルの魅力なんだから。

「ついにこの日が来た……」

高鳴る鼓動《こどう》を感じながらベッドに寝そべり、ＶＲゴーグルがフルダイブに設定されているのを確認して装着。深呼吸をして……スイッチオン。暗闇に文字が浮かんだ。


――睡眠状態に移行します。十、九、八……

カウントが減るにつれて、意識がぼやけていく。

★　★　★

ハッと覚醒《かくせい》するような気分で、閉じた覚えのない目を開けた。

目の前に広がるのは真っ白な空間。これが夢の中の仮想空間？

軽く体を動かしてみても違和感が一切ない。まるで実際に肉体があるみたいに感じられてワクワクする。技術の発展って凄《すご》いんだなぁ。

ようこそ。ここは異世界《いせかい》との狭間《はざま》です

不意に声が響《ひび》く。さらに期待が高まった。ようやくゲームを始められる。

発売が予告されてからずっと、僕《ぼく》はサービスが開始される日を待ってたんだ。

異世界を自由に旅するゲームらしいから、絶対楽しめると思ってる。

あなたはこれから異世界の国イノカンに旅立つことになります
その国は現在数多のモンスターによって侵略されており、緊急救助要請《きんきゅうきゅうじょようせい》が出ているのです
あなたの使命は、多くの旅人《プレイヤー》と共にモンスターから国を救うことです

なるほど。ありがちな設定だけどわかりやすい。でも、戦うのはあんまり自信ないなぁ。これが初めてのＶＲＭＭＯだし。確か、運動能力とかはある程度ゲーム世界に反映されるんだよね？ゲーム補正はあるだろうけど、僕は運動が苦手なんだよなぁ。

我々はあなたに、使命とは別に、異世界を旅して楽しんでいただきたいとも思っています

あ、なんか僕の思いに答えたような言葉だ。声に出してないけど、もしかして伝わってる？この世界自体が僕の脳内と繋がってるんだから、考えを読み取られるくらい普通なのかも。というか、我々って、ゲーム運営側ってことでいいんだよね？ちょっとその辺の設定の作り込みが甘くないかな。それとも説明が雑なだけ？ゲームをする上で支障がないなら別にいいけどさ。

まずはあなたのお名前を教えてください

「これって本名じゃなくて、ゲームでの名前ってことだよね？」

はい、その通りです

「普通に答えてくれるんだ……」

会話がきちんと成り立ってる！　ＡＩの技術が生まれてから結構時間が経ってるけど、まだ日本語で違和感なく会話するのって難しいらしい。でも、このゲームはそういうＡＩ技術に力を入れてるって前評判があったから、今後も期待しちゃうな。

「んー、じゃあ『モモ』で。僕、桃が大好きなんだ」

桃美味しいですよね——旅人名《プレイヤー》【モモ】で登録いたしました

なんかすっごい普通に言われたけど、このＡＩさんは桃を食べたことあるの？

もしかして中身人間とか？

それでは、これより異世界を旅する上で必要なギフトの授与を行います

種族《しゅぞく》・職業《しょくぎょう》・ステータス・スキルを選択していただきますが、それぞれにギフトポイントを消費します。使えるギフトポイントは全部で１００Ｐ《ポイント》です

ほうほう……このギフトポイントをどう使うかが重要ってことだね。

１００Ｐは多い感じがするけど、実はすぐなくなっちゃうのかな？

まずは種族の選択を行います。選べる種族は五種類です。平均的な姿を表示します

不意に目の前に人が現れた。それぞれプラカードを首からさげてる。

なんか気が抜けちゃう格好だ。

プラカードには【人間（20P）】【獣人《じゅうじん》（50P）】【エルフ（50P）】【ドワーフ（50P）】【希少種《きしょうしゅ》（25P）】と書かれてる。


人間は異世界で最も多い種族です。平均的な能力値を持っています

くるりと人間が回る。どこからどう見ても、現実世界で見る人の姿と変わらない。

見た目は楽しめないけど、平均的な能力値なら初心者でもゲームをやりやすいのかな。

尖《とが》った性能って、使いこなすのにコツがいりそうだし。

消費するギフトポイントがプラカードに表示されています
人間を選択するには20P必要です

エルフや獣人やドワーフを選んだら、ギフトポイントの半分を消費しちゃうってこと？

うわぁ……そんだけ性能がいいのかもしれないけど、ちょっともったいない気がするなぁ。

高ポイント種族を選ぶ意欲が下がったので、説明を聞き流して、最後の種族に注目する。

ちなみに、獣人は物理攻撃《ぶつりこうげき》の能力が高くて、エルフは魔術攻撃《まじゅつこうげき》の能力が高いらしい。ドワーフは防御力《ぼうぎょりょく》と生産能力《せいさんのうりょく》が高いんだって。

最後は希少種です

ぽよん、とゲーム好きなら誰もが知ってるような姿の生き物が一歩前に出てくる。青みを帯《お》びた半透明のボールみたいだ。これ、絶対スライムでしょ。プレイヤー側がなれるものなの？

決してスライムになりたいとは思ってないけど、希少種って表現が気になる。


希少種を選択するとガチャを一回引くことができます

「急にゲーム感出してくるじゃん……」

ちょっと困惑。種族選択が博打《ばくち》って、リスキーすぎない？

面白いけど、初っ端からゲームに躓《つまず》く可能性あるよね？

八割の確率でスライムが選択されます

「ガチャ率崩壊してない？　それ、ほぼスライムってことじゃん！」

スライムは人間の半分の初期能力値です

「激弱《げきよわ》っ!?」

ツッコミを入れずにいられなかった。希少種っていうんだから、ちょっとは強いのかなって期待しちゃったんだよ。見事に裏切られたけど。

「……スライムに利点はないの？」

固有スキル【分解《ぶんかい》】【吸収《きゅうしゅう》】を取得可能です

「それって強い？」

相手の防御力が自身の攻撃力より高い場合、効果がありません

「……ダメじゃん！」

人間の半分しかない能力値が通用する相手がどれだけいるんだよ。

レベル上げて能力値を高めれば通用するとはいえ、それまでは地獄《じごく》でしょ。

「え、希少種を選ぶ利点なくない？」

二割以下の確率で本当の希少種が当たります

「本当の、とか言っちゃってる。やっぱ、スライムは雑魚《ざこ》なんだ……」

なんかここまで言われるとスライムが可哀想《かわいそう》になってきた。

心なしか例として示されたスライムくん（さん？）がしょんぼりしてる気がする……可愛《かわい》い。

「どういうのが当たるの？」


当たってからのお楽しみです。人間に近い姿をしている種族はほぼいませんので、その点はあらかじめご承知ください

つまり、希少種はどれもモンスターっぽい見た目ってことだ。ゲーム中は常に頭上でプレイヤー名が表示されるとはいえ、フィールド内で敵に間違われる可能性があるかも？

このゲーム、ＰｖＰ要素——プレイヤー同士で戦ってダメージを与えるシステム——はないけど、ちょっとしたトラブルは起きかねない。

「でも、面白そう……」

じっとスライムを見つめる。なんか目をキラキラさせてる気がした。僕が乗り気になってるのが嬉しいのかな。

　え……リスキーですよ……？

「なんで運営側《そっち》がドン引きしてんの？　ひどくない？」

　ＡＩのくせに感情豊かだな。そんなに言われると、希少種選びたくなっちゃうじゃん！

　モモ様は天邪鬼《あまのじゃく》……学習しました

「変なこと覚えなくていいからぁ！」

　っていうか、やっぱり思考読んでるな、こいつ。

　申し遅れましたが、私はナビゲーターの【ナビ】です。よろしくお願いいたします

「こいつ扱いは嫌だよね。了解、ナビ。よろしく」

　安直な名前だなぁ。

　言葉にしなかったこの感想も、きっとナビには伝わってるんだろうけど、気にしなーい。

種族はお決まりになりましたか？

「うーん……人間か希少種で悩んでたけど、やっぱ面白さをとって、希少種ガチャでお願いします！」

にこにこ。ゲームは楽しいのがいいよね。弱くても、街でのんびり過ごしたり、ちょっとずつ強くなれるようがんばったりするのもいいと思うし。

……はい

ナビがすっごく何か言いたげだけどスルー。選ぶのは僕なんだから、文句は言わせない！

では、ガチャを行うため、25Pを消費します

引き直すためには、再度25Pを消費することになります。目の前の魔法陣《まほうじん》に入ってください

白い空間に、星を内包《ないほう》した円が現れた。これぞ魔法陣って感じでオーソドックスだ。ワクワクするけど、もっとオリジナリティ出してみてもいいと思うよ？

「いいのが来ますようにー」

スライムでもいいよ。でも、もっと楽しそうなのがあればそれがいいな。

そんなことを考えながら魔法陣に入ると、体から何かがこぼれ落ちていくような感じがした。

なんだろう？　って思った瞬間に、魔法陣が白い光を放つ。咄嗟《とっさ》に目を瞑《つむ》った。


「っ……んん？」

光が弱まったのを感じて、目を開けた途端にちょっと違和感があった。

さっきより、視線が低くなったような？　地面に描かれてるはずの魔法陣が近い。

——よく見たら、手が獣《けもの》！　もふもふしてる。ガチャの結果はスライムじゃないみたいだ。

今の僕は、スライムよりちょっと大きいくらいで、人間の膝《ひざ》くらいの身長になってるっぽい。

いきなり姿が変わるなら、事前説明してほしかった。びっくりしたじゃん。

「これ、どういう姿なの？」

尋《たず》ねると、すぐさま鏡が現れた。そこに映るのは、ピンクベージュ色の毛並みのうさぎ？

ほっぺたと胸元の白い毛がふわふわで可愛いね！

あ、背中に白い羽がある！　でも、飛ぶには小さすぎるかな。

「種族名を教えてー」


天兎《アンジュラパ》です。おめでとうございます。間違いなく希少種ですよ！

ナビが祝福してくれたけど、希少種ガチャで希少種が当たらない方が詐欺《さぎ》じゃん。

スライムの割合、もう少し減らすべきだと思うよ。

「想像してたのより、凄く可愛いの来た……いいんだけど、全然強くなさそう。っていうか、どう戦うのかわからん……」

首を傾げたら、鏡の中でうさぎも頭を傾けてた。可愛い。

絶対愛玩系《あいがんけい》。つまりペット枠。ぬいぐるみっぽい。

例として出たままだったスライムが近づいてくる。

——そのぷにぷにボディ、クッション代わりにしてみていい？　あ、いいんだ。ありがとう。

なぜかわかんないけど、スライムと普通に意思疎通《いしそつう》できたから、遠慮《えんりょ》なく寝そべってみる。

ぽよーんとして、気持ちいい。ビーズクッションの進化系みたいな。

ステータス一覧を表示します

体力《たいりょく》：19　魔力《まりょく》：31　物理攻撃力《ぶつりこうげきりょく》：8　魔力攻撃力《まりょくこうげきりょく》：13
防御力《ぼうぎょりょく》：30　器用《きよう》さ：9　精神力《せいしんりょく》：14　素早《すばや》さ：10　幸運値《こううんち》：17

目の前にパッと半透明なブルーの画面が現れる。ゲームでよくある感じのやつ。

それを寝っ転がったままで確認した。お行儀悪いとか言わないでね？

鏡に映る姿は凄くプリティーだから許して。

「ほーう……数字を出されてもよくわからん！」

ちなみに人間の初期値はこちらです
天兎《アンジュラパ》の能力値は比較的高いですし、当たりの種族ですよ！

体力：20　魔力：19　物理攻撃力：10　魔力攻撃力：10
防御力：7　器用さ：12　精神力：8　素早さ：10　幸運値：10

「運営側《そっち》が当たりとか言っちゃっていいんだ……」

当たりは嬉しいけどね！
体力と魔力の値を除いたら、10前後が初期能力の平均値ってことかな。
そう考えると、天兎《アンジュラパ》は魔力攻撃タイプで、防御力激高な種族だ。30は強すぎ。
……このふわふわな毛皮に、そんなに防御力があるのか。
可愛いだけかと思ったら、意外とハイスペックだなぁ。
幸運値高いのも地味に嬉しい。
このステータスがどう影響するかはわからないけど。
「精神力と幸運値が高いとどうなるの？」

精神力の値が高いほど、デバフの影響が出にくくなります
幸運値は様々なパラメータに作用します

「どっちも結構重要そうだねぇ」

シビアな戦いの場面だとバフ・デバフの使い方が重要だ、って聞いたことある。バフで味方のステータスを上げたり、デバフで敵のステータスを下げたりすれば、有利な戦いができるから。

幸運値も効果は曖昧《あいまい》だけど、高い方がいいのは間違いないよね。

ステータスはギフトポイントで上げることができます
この選択は職業・スキルを決めた後にも行えます

「そっか。じゃあ、職業とスキルを決めた後に、余ったポイントでステータスを上げようかな」

すでに高めのステータスだし、スキル取得を優先した方がよさそう。

それでは職業選択に移ります――職業は戦闘職《せんとうしょく》と生産職《せいさんしょく》をそれぞれ選択していただきます
生産職が自動的にサブ職業となります
ゲームプレイ中に職業を変えるには、転職機能を解放する必要があります

簡単に転職できないと考えておいた方がいいね。まぁ、職業はほぼ決めてるけど。

まずは、戦闘職をご選択ください。決定すると20P消費されます

種族例の人間やエルフとかが消えて、今の僕そっくりの天兎《アンジュラパ》が四体現れた。それぞれ装備が違う。

というか、僕のクッション（スライム）までいなくなっちゃった。悲しい……

選択可能な職業は【剣士《けんし》】【魔術士《まじゅつし》】【体術士《たいじゅつし》】【治癒士《ちゆし》】の四種類です

職業レベルが高くなると、上位職《じょういしょく》に進化可能です

上位職に関しては、ゲーム内に手がかりがあります

上位職もあるのかぁ。

とりあえず、天兎《アンジュラパ》は魔力攻撃タイプみたいだから、【魔術士】か【治癒士】の二択になる。

僕はゲーム内で友だちと待ち合わせしてるわけじゃないし、普通じゃない見た目でパーティを組みにくい気がするから、ソロでがんばろう。それなら治癒士より魔術士の方が活動しやすいはず。

「【魔術士】にする！」

僕が職業を決めた途端、杖《つえ》を持った天兎《アンジュラパ》がなんか呪文《じゅもん》（？）を詠唱《えいしょう》したと思ったら、僕の手にも杖が現れた。同時に、例として出されてた天兎《アンジュラパ》が全員消える……可愛《かわい》さで癒《いや》されてたのに。

【魔術士】が選択されましたので、初期装備の【見習《みなら》い魔術士《まじゅつし》の杖《つえ》】が贈《おく》られました
装備すると、魔術の攻撃力・詠唱速度が上がった気分になります

「気分……」

気分です

堂々と言い切られた。笑っちゃう。それ、ほぼ意味ないってことだよね。
確かに持ってるとザ・魔法使いって感じがしてテンション上がるけど。
いい性能の杖なら効果あるのかな。欲しいなぁ。

次に生産職をご選択ください。決定すると15P消費されます

また天兎《アンジュラパ》が現れた。帽子かぶってたり、白衣着てたりして、可愛い！
マスコットキャラクターって感じだね。

選択可能な職業は【薬士《くすし》】【鍛冶士《かじし》】【木工士《もっこうし》】【裁縫士《さいほうし》】【錬金術士《れんきんじゅつし》】です

あれ？　前情報では、生産職は四種類だったはず。【錬金術士】は初耳だ。

「【錬金術士】ってどんなの？」


錬金術を用いて、オールマイティーに生産可能ですが、作製したアイテムの品質が専門職より劣ります。また、錬金術士だけが作製可能なアイテムもあります

ソロプレイにはいいのでは？

装備も回復薬《かいふくやく》の類《たぐい》も自分で用意できるってことだもん。

品質がどれくらい落ちるかはわからないけど、自分で使う分には問題ないでしょ。高品質の使いたかったたから買えばいいし。

「じゃあ、【錬金術士】にする！」

【錬金術士】が選択されました

今度は、例として示されていた天兎《アンジュラパ》が消えただけで、アイテム付与《ふよ》はなかった。

錬金術士の格好をした天兎《アンジュラパ》は綺麗《きれい》な丸い石を持ってて、羨《うらや》ましかったのに。

スキルの選択に移ります。現在の種族・職業で選択可能なスキルを表示します
適性が低いスキルは、取得の際に通常よりも多くのポイントを使用します

目の前にまたパッと半透明なブルーの画面が現れる。

スキルはパッシブ系と攻撃系、収集系、生産系、その他に分かれてるみたい。

パッシブ系は持ってるだけで常時効果があるスキル。攻撃系は敵にダメージを与えるスキル。収集系は主にフィールド上でアイテムを集める際に使うスキル。生産系はアイテムを作製する際に使うスキル。その他には、四つに分類できなかったいろいろなスキルが表示されてた。

「おー……やっぱり、僕が取得しやすい攻撃系は魔術に偏《かたよ》ってるなー」

【キック（1P）】とかの低コスト体術もあるけど、【火魔術《ひまじゅつ》（2P）】とかの魔術が圧倒的に多い。剣術とかの物理攻撃スキルのほとんどは、取得に10P必要なんだよ？　どんだけ僕に合ってないの。

残ってるギフトポイントは40Pで、結構余裕がある。種族選択を25Pに抑えられたのは大きい。人間じゃないから、ステータスに割り振るギフトポイントも少なくてよさそうだし、僕に合ってるスキルを選べばたくさん取得できそう。

とりあえず、パッシブ系と攻撃系、収集系のスキルが欲しいかなー。

「えっと……パッシブ系は【魔力攻撃力強化《まりょくこうげきりょくきょうか》（5P）】【魔術詠唱速度向上《まじゅつえいしょうそくどこうじょう》（5P）】【魔力自動《まりょくじどう》回復《かいふく》（5P）】【体力自動回復《たいりょくじどうかいふく》（5P）】かな」

魔術士に有用そうなスキルと、耐久力目当てで体力回復できるスキルも選んだ。

防御力が高くても、ダメージは受けるだろうし。

「攻撃系は……【火魔術（２Ｐ）】【水魔術《みずまじゅつ》（２Ｐ）】【風魔術《かぜまじゅつ》（２Ｐ）】【木魔術《きまじゅつ》（２Ｐ）】【土魔術《つちまじゅつ》（２Ｐ）】で！」

完全に魔術士として戦うしかないスキル群。ふはは、運動苦手な僕に相応《ふさわ》しいだろう！

「収集系は……【採集《さいしゅう》（１Ｐ）】【採掘《さいくつ》（１Ｐ）】【釣《つ》り（１Ｐ）】と……【全鑑定《ぜんかんてい》（２Ｐ）】っていうのも」

残り５Ｐです
【全鑑定】は天兎《アンジュラパ》の種族特性により、取得に必要なギフトポイントが最小限になっています

「えっ、めっちゃいいじゃん！」

面白さ重視でガチャしてみたけど、今のところ、見た目が愛玩動物っぽいこと以外、メリットしかない。このぬいぐるみっぽいフォルムも気に入ってるし。全然強くなさそうに見えるけど。

「生産系は【錬金術基礎《れんきんじゅつきそ》（１Ｐ）】だけでいいかな。後から覚えられそうだし」

余ったギフトポイントは４Ｐだ。微妙に残った。

もう欲しいスキルないんだけど。

「うーん……体術とかを取っても使いこなせる自信ないし、あとはステータスに割り振ろうかな」

それでは、スキル選択を終了します――天兎《アンジュラバ》の種族初期スキル【飛翔《フライ》】が追加されました
この追加に、ギフトポイントは消費されません

「ふぁっ、飛翔《フライ》、だと……!?」

え？　なんか凄いことを何気なく言われたよね？　もの凄く惹かれる響きなんだけど！

背中でピコピコと動く羽を意識した。

「――それは、もしかして、空を飛べるってこと？」


はい。レベル1での滞空可能時間《たいくうかのうじかん》は十秒です

「短いっ！」

ズッコケた。

大した距離移動できないじゃん。そりゃ、飛べないよりはいいけどさ。


助走なしで飛べるんですよ？　高く上がりすぎると、途中で墜落《ついらく》することになりますが

「怖っ!?」

そっか……十秒過ぎたら否応《いやおう》なく落ちることになるんだ。地面におりるタイミングも考えないと

いけないから、ちょっと使い方難しいな……

最初の内は、身長の低さのカバーに利用するのがいいかと思います

「身長？　……あ、そういうことね」

僕の今の姿、めちゃくちゃ身長低いもんな。人間仕様の環境だと生活しにくいかも。ジャンプより飛べた方が楽だろうし。でも、もっといい感じのスキルなのかと期待したのになー。

滞空可能時間はレベルが上がるにつれて長くなります

普段から使って鍛えたら、いい感じになるってことか。滞空可能時間が延《の》びるのは嬉しい。

「教えてくれてありがと。実際に使って、いい利用法を探してみるよ」

はい――それではステータス操作に移ります

ギフトポイントを1P使用することで、ステータスを1上げられます

半透明の青い画面が現れた。僕のステータスが表示されてる。

残ってるのは4P。弱いところを補強すべきか、それとも強いところをさらに強化すべきか。

……うーん、一桁のステータスがあるのは見た目が気に入らないから、そこに割り振ろうかな。

あと、魔力攻撃力を高めとこう。

「物理攻撃力に2P、魔力攻撃力に1P、器用さに1P使う!」

体力:19　魔力:31　物理攻撃力:10(2UP)　魔力攻撃力:14(1UP)
防御力:30　器用さ:10(1UP)　精神力:14　素早さ:10　幸運値:17

言った途端、指示したステータスが上がった。うん、いい感じ!

ゲームを始めてみないと実際の感じはわかんないけど、十分やっていけるんじゃないかな。

「これでオッケー」


ギフトポイントが0になりました。ギフト授与を終了します

ふわっと体が浮き上がるような心地がした。

「えっ!? なんか、浮いてる?」

気のせいじゃなかった。ほんとに地面が遠くなってる。

真っ白だからわかりにくいけど、ゆっくり上昇してるような——

異世界との狭間に滞在できる時間が０になりました
異世界の国イノカンへの転送を開始します

「急に⁉　凄い問答無用だね。もうちょっと色々説明してくれてもいいんじゃ、っ！」

言《い》い募《つの》ってる最中に、くるりと目の前が回るような感覚がして、一瞬意識が途切れ――

★　★　★

「――ふわっ⁉」

ざわざわと雑踏《ざっとう》の音が押し寄せてくる。鼻をくすぐるのは海と食べ物のにおい。足の下には硬《かた》い石の感触。柔《やわ》らかな風を感じて、僕はパチリと瞬《まばた》きをした。

凄い。本当に現実世界みたいな感じがする。

ちょっとした海外旅行？　街の雰囲気がヨーロッパっぽいから目新しくて楽しい。

「ここが異世界の国イノカンかな？　大した説明もなく送り込むのはひどいー」

僕はちょうど船からおりてきた感じに、桟橋《さんばし》近くで突っ立っていた。目の前の看板には『ようこそ。ここはイノカン国の街、サク。通称、はじまりの街です』と書かれてる。

「……自分ではじまりの街って言っちゃうんだ」

ゲームではあるあるだけどね。

周囲には、僕と同じようにゲームを始めたばかりと思《おぼ》しき人の姿がたくさんあった。

「人間多め？　でも、エルフとか獣人とかもそれなりにいるなー。獣人って凄い種類多いんだね……」

人系のプレイヤーは、みんな目や髪の色を弄《いじ》ってるみたいでカラフル。

それ以上に目立つのが、猫系・犬系・うさぎ系などの耳や尻尾がある人たち。

獣人を選んだら、種類を自由に決められたんだろうね。

僕は強制的にうさぎだけど！　人の姿ですらないけど！

気に入ってるから文句《もんく》はないよ。ただ注目を浴びるのはなぁ……

「あれ、モンスターじゃねぇのか」

「プレイヤー表示されてる？」

「え、まんま動物っぽい種族って、あったんだ？」

歩いている人たちがこっちを見て、口々にそんなことを言っている。

……きゃー、そんなに僕を見ないでー。

そそくさと街へと歩く。身長低いから、動いてたらあんまり視線を集めないって学べた。

みんな足元は見過ごしがちだよね。

てくてく。僕、ちゃんと二足歩行できるんだよ！

動物みたいに走る方が楽なのかもしれないけど、人としての意識があると、なんかしにくい。

プレイヤーだってバレてるし「あいつ四《よ》つん這《ば》いで（笑）」みたいに言われたら嫌だもん。

視界の端にあるマップの表示を意識したら、街の地図が出てきた。

道なりに進んだら、冒険者ギルドっていうのがあるらしい。旅人《プレイヤー》が最初になれる唯一の身分が、冒険者なんだよ。身分証を作ったら、街の外にも行けるんだって。

ヘルプもあわせて読んで、事前勉強は完璧《かんぺき》！

「つまり、まずは冒険者ギルドに行って、冒険者登録する必要があるんだ……遠いな」

周りの人たちが足早に歩いてく。でも、僕の歩みは遅い。

だって、体が小さくて一歩で進める距離が短いんだもん。

「スキルを試してみるべき？」

周囲を確認してから人目を避けて、ササッと路地裏に入った。ここでスキルを使ってみよう。

「……【飛翔《フライ》】！」

ふわっと体が浮いた。背中の羽がはばたくみたいに動いてるけど、絶対それで浮力は生まれてないと思う。だって、僕の羽は小さいから。なんか念力《ねんりき》っぽい感じ？　魔力は消費されてないか、もしかしたら自動回復で賄《まかな》える程度の消費量なのかも。低燃費《ていねんぴ》なのはいいことです。

このスキル、進行方向を意識するだけで移動できるんだ。使い方はすぐに慣れたし、歩くより楽。

でも――

「ふぎゃっ！」

落ちました。ズシンッて、お尻から。

痛くないけど、精神的に地味なダメージをくらってる！

さすがの防御力の高さで体力は減ってないけど、落ちるのって怖い。

滞空可能時間十秒っていうのが、思ってた以上にシビアだ。慣れるまで時間かかりそう。

使わないと上達しないし、ちょっと気合い入れようか！

「よっしゃ、もういっちょ、【飛翔《フライ》】！」

ふよーっと飛んでいく。最初よりスムーズな気がする。

人混《ひとご》みの上を進み、時々屋根や看板で休憩することにした。これなら注目浴びないし、定期的に休めば落ちないし、いいことずくめだ。

「おー、綺麗な街だなー」

落ち着いて景色を見られるようになった。

地面を歩いてたら人混みでほとんど街が見えなかったけど、上から見ると凄い素敵。映画の中みたい。オレンジ色の石で作られた街並みと青い海のコントラストがいい。

建物には花も飾られてたから香りを楽しんでみたり、時々二階の住人と目が合って驚かれたり、すべてがワクワクする！

「飛べるって最高ー！」

たった十秒か、って思ってたのをほんとに謝りたい。

飛べるだけでこんなに素晴らしい景色を楽しめるなんて！

スイッと空を泳ぐ感じも気持ちいいしね。

飛ぶのは楽しくなってきたけど、美味《おい》しそうなにおいに惹《ひ》かれても買いに行けないのは、ちょっと残念だ。突然上から僕がおりてきたら、屋台《やたい》のおじちゃんもびっくりしちゃうよね。でも中身はAIだろうから、普通に対応してくれる可能性もワンチャンある？

「うっ、買いに行くべきか……？」

お腹が空《す》いた気がする。このゲーム、ちゃんと空腹システムがあるんだ。

ヘルプを見たら『飢餓状態《きがじょうたい》になると体力が急激に減少する』って書いてあった。こわっ。

「最初の所持金は千リョウか。串焼き一本で十リョウって書いてあったから買えるけど、無駄遣《むだづか》いだよね……？」

リョウはゲーム内でのお金の単位。昔の日本の貨幣単位《かへいたんい》（両《りょう》）を使ってるのかも。屋台をチラッと見て記憶した値段から、貨幣価値を探《さぐ》る。これから武器とか回復アイテムとか揃えて冒険に出ることを考えると、あんまり無駄遣いはできない。

お肉食べたいけど！　ゲーム内の食事がどんな味なのか気になるけど！　今は我慢……

「あ、アイテムボックスに【リンゴ】が入ってた！」

【リンゴ】レア度《ど》☆
満腹度《まんぷくど》を10回復《かいふく》する

なんか通知来てるなーって思ったら、運営からのプレゼントだったみたい。

満腹度回復アイテムとしてリンゴが五個届いてた。

いきなり飢餓状態でゲームオーバーっていうのはひどいもんね。ありがたい配慮《はいりょ》です。

アイテムボックスは、ゲーム内のアイテムをしまえるバッグみたいなもの。

最初は三十種類を各九十九個まで保有できる。ミッション達成報酬《たっせいほうしゅう》とか、課金とかで最大九十九種類まで容量を拡張できるって、ヘルプに書いてあった。

今のところ三十種類で十分だけど、商売したり、たくさんの装備を持ったりしたら、足りなくなるんだろうな。たぶん、どっかで倉庫とかのアイテム預入《あずけいれ》システムも出てくると思う。

「ま、そんなことはさておき。リンゴ食べてみよ！」

一旦飛翔《フライ》は中断して、民家の二階にあるベランダをお借りします。汚《よご》さないから許して。

アイテムボックスから取り出したリンゴを両手で抱える。

僕が小さいから、リンゴがすっごく大きく見える！　食べごたえありそう。

「いただきます！」

かぷっ。シャクシャク。

「――うん、リンゴ」

まごうことなきリンゴの甘さが口の中に広がった。爽やかー。リンゴを食べたの久しぶり。

ステータスの満腹度を確認したら、すでに満腹に近かった。一口だけで？

「もしかして、体が小さいから、食べる量も少なくて済む？」

それはいいことなのか、悪いことなのか。美味しいものはたくさん食べたいしなぁ……満腹状態でも食べちゃえばいっかー。

でも、今はもういいかも。残ったリンゴはアイテムボックスに取っておけるのかな？

収納してみたら、リンゴとは違う枠に入った。つまり、普通のリンゴじゃないって扱いらしい。

【天兎《アンジュラパ》の食べかけリンゴ】レア度☆☆☆
満腹度を7回復する。一時間、空腹になりにくくなる
天兎《アンジュラパ》が70パーセント食べ残したリンゴ

アイテム名とレア度、効果が変わってる！

「僕が食べただけで……まさかの、レアアイテム化……？」

効果以上にレア度が高い気がするけど、それだけ天兎《アンジュラパ》が珍しいってこと？

野生の天兎《アンジュラパ》がどこにいるかわからないし、その食べかけアイテムを手に入れるのは、さらに難しそうだもんね……

「はは……これ、あんま言わんとこ……」

遠くを眺める。空が青いなー。晴れててよかった。

……現実逃避《げんじつとうひ》はこれくらいにして。ひょんなことから手に入れたレアアイテムを見つめる。

これが他のプレイヤーにバレたら、ちょうだいってねだられそうだ。

バトル好きな人ほど、満腹度に煩《わずら》わされなくなるのはメリットに感じるはずだもん。

「逆に考えると、凄い商売ができる……？　いやいや、でも、食べかけだよ？　それを売るってどうよ……」

現実世界の倫理観《りんりかん》と『ゲーム内なんだし、ありでは？』という思いがせめぎ合う。

……お金に困ったら考えよう。

「よし。さっさと移動！」

気を取り直して飛翔《フライ》再開。衝撃的なことがあったから、屋台飯への思いが薄れた。

「飛んで～、飛んで～、どこまでも～♪」

即興で歌いながら、ちょっと長めのジャンプくらいの飛行を繰り返す。

そろそろレベル上がらないかなーって思ってるんだけど、その気配がない。

必要経験値、鬼高いのでは？

ちょっぴり不満を抱きつつ、冒険者ギルドまでの道を最短距離で進む。

道なりに進むより、込み入った路地の上を直線的に進んだ方が早く着きそうだ。

「……ぁ……うわぁん！」

「ん？　なんか聞こえる。子どもの泣き声かな？」

風に乗って聞こえた微《かす》かな声。それは冒険者ギルドとは違う方から響いてる気がする。

どうしよう。ゲームなんだから、無視したところで問題はない気がするけど――

「……子どもの泣き声をスルーするのは良心が痛む！」

トン、と屋根に足をつけてから、飛翔《フライ》をかけ直して方向転換。一路《いちろ》、声の主《ぬし》の元へ。気のせいならそれでいい。冒険者ギルドに着くのが遅れるだけだから。待たせてる相手がいるわけじゃないし。

「泣いてる子はどこかなー？」

耳をそばだて、意識を集中。途端に、様々な音が襲いかかってくるみたいに溢れて、飛翔《フライ》の制御ができなくなった。

「うわっ⁉」

かろうじて近くの屋根に着地できたけど、心臓がバクバクしてる。

今の何？　なんで急に音がおっきくなったの？

耳に触れて気づいた。今の僕って、たぶんうさぎをモデルにした生き物じゃん。

ということは、めちゃくちゃ聴覚がいい可能性が高いんじゃない？　意識を集中したら、さらに聴力がよくなる？　試しに、さっきのように声を聞こうと集中してみる。

「――あ、凄い。いろんな音が聞こえる」

音の大きさにビビったけど、何度か繰り返したら調整できるようになった。おかげで、泣き声の主がいる場所もはっきりわかる。そして、何気なくステータスのスキル欄を確認して驚いた。

スキル【聴覚鋭敏《ちょうかくえいびん》】
意識を聴覚に集中すると、聴力が十倍になる。音の聞き分けも可能

「待って、スキルになってる……」

スキルって、こんな感じで入手できるんだね。便利だから嬉しいけど、この調子でいったら、とんでもない数のスキルを入手するんじゃないい？　僕、使いこなせる自信ないよ。

「いや、今はそれより、女の子の声！」

声の主の性別までわかった。女の子がこの先で泣いてるの。

可哀想だから、早くどうにかしてあげないと。僕に何ができるかわかんないけど。

再び飛翔《フライ》を使って飛んでいく。目的地はわかってるから、さっきまでより速く進める。

「――あ、いた！」

住宅街の一画にあった小さな公園。そこにある一本の木の下で、茶髪の女の子――たぶん五歳くらいの子が泣いてた。さて、どう声をかけよう？

「うぇーん、にゃんちゃん……っ」

「にゃんちゃん？」

地面におりて、ちょこちょこと近づいたところで聞こえた言葉。

思わず木の上を見上げたら、細い枝のところに白毛《しろげ》の子猫がいた。赤い首輪をしてるから、飼い猫っぽい。たぶんこの女の子が飼い主なんだ。

「――木に登《のぼ》って、おりられなくなっちゃった？」

「ふぇっ？」

僕が声をかけると、涙で濡《ぬ》れた顔が振り返った。

こっちを見て目を丸くしてる。驚きで涙が止まったのはよかった。

「こんにちはー、僕、モモだよ！」

とりあえず明るく挨拶してみた。手を上げてふりふり。

気分はテーマパークのマスコットキャラクター（きぐるみ）です！　愛想《あいそ》振りまいて仲良くなるぞー！

女の子はぱちぱちと瞬きしてる。

僕の可愛さが通用しないのかな？　今の僕のフォルムは子どもウケすると思うんだけどなー？

「……こんにちは。わたし、アリスよ」

やったー。自己紹介してくれた。アリスちゃんはボブヘアを揺らして、首を傾げてる。

その目は『これ、なんだろう？』って言ってるみたいだった。

「お、アリスちゃんかー。僕、天兎《アンジュラパ》っていう種族なんだよ。覚えてね。怪《あや》しくないよー」

「……アンジュラパ……モモ、かわいいね」

「ありがとー。アリスちゃんも可愛いよ！」

えへへ、と照れたように笑う幼女《ようじょ》はいいですなー。

おまわりさんに通報はしなくていいからね！　ただの感想です。運営《運営》

「アリスちゃんは猫ちゃんが木からおりられなくなって泣いてたの？」

「っ、そうなの……にゃんちゃん……」

現状を思い出させちゃったみたい。また泣きそうになってるアリスちゃんを見て慌《あわ》てる。

子どものあやし方とか僕知らないんだよ。泣かないでー。

「大丈夫だよ！　僕が連れてきてあげるからね」

「モモが？」

きょとんとするアリスちゃんに向かって、胸を張った。

僕におまかせあれ。飛翔《フライ》を使えば、高いところだって楽勝だよ！

「うん、行ってくるから、ここで待っててね」

羽をパタパタ。別にこの動作は必要ないけど、アリスちゃんに今から飛ぶよって知らせるためにやってみた。よし、行くぞ。

「――【飛翔《フライ》】！」

小さく鳴いてる子猫のところまでひとっ飛び。

子猫が「みゃっ⁉」と驚いてる。逃げないでよ？

「おいでー、大丈夫だよー。アリスちゃんのとこまで連れてくからね」

シャー、と威嚇《いかく》されたし、猫パンチが襲ってきたけど、僕の防御力をナメないでほしい。

子猫に引っかかれたくらいじゃ怪我しないぞ。気にせずがっちりと首元を掴む。

猫って、ここ掴まれると四肢《しし》の力が抜けちゃうんだって。途中で落ちたら危ないから、しばらくこの体勢で我慢ね。

「にゃんちゃん！」

アリスちゃんのところまで戻って子猫を渡したら、感激された。

にこにこしてて可愛いです。幼女からしか得られない栄養がある……いや、通報はいらないですよ？　微笑ましいってだけだから！

「助かってよかったね」

「うん、ありがとう、モモ。あのね……」

急にもじもじするアリスちゃん。どうしたの？　僕に言ってみ？

「――わたしと、お友だちになってほしいな」

「お友だち！　いいよいいよー」

思わず小躍《こおど》りしちゃう。やったね。可愛いお友だちができました！

「じゃあ、お友だちのあかしにこれあげる！」

「なにー？」

ポケットから取り出されたのは綺麗な石。これなんだろ？　首を傾げながら受け取った。

シークレットミッション【アリスの子猫を救え】をクリアしました
報酬として【フレンドカード・幼女アリス】と【光魔石《ひかりませき》】が贈られます

「――ふぁっ⁉」

シークレットミッション……だと……⁉　慌ててシステムメニューからミッションを確認したら、完了したミッションとして、通知内容が書かれてた。

まさか、アリスちゃんとのこれが隠されたミッションだったとは……

こんな感じで、ゲーム内にミッションが散りばめられてるのかな。それ探すの面白そう！

「モモ、どうしたの？」

「にゃー？」

「いや、なんでもないよ。アリスちゃんとお友だちになれて嬉しいなって思っただけ！」

「わたしもモモとお友だちになれてうれしい！」

にこにこ。可愛い子と微笑み合う時間は平和です。

それはさておき、報酬ってなんぞや？　アリスちゃんから受け取ったこの石が光魔石なんだよね？　あと、フレンドカードってなんだっけ？

ヘルプを確認しよう。

――ほーう……魔石はアイテムを作る時に使うみたい。火《ひ》・水《みず》・風《かぜ》・木《き》・土《つち》・光《ひかり》・闇《やみ》の属性があって、それぞれ作れるアイテムが違うんだ。光魔石で何が作れるんだろう？

フレンドカードは、異世界の住人《NPC》と仲良くなったらもらえるものらしい。もらうとフレンド欄に表示されて、連絡ができるようになるんだって。時々フレンドから依頼が来ることもあるっぽい。

フレンド欄を確認したら、NPCカテゴリーに一人だけ登録されてる。

僕のフレンド第一号は幼女アリスだよ！　……幼女って公式の称号なの？


最初のフレンドが異世界の住人《NPC》だったため、称号【あなたと仲良し】が与えられました

僕にも称号⁉　急に来たね。

ヘルプ活躍しまくりだなー。えっと、称号っていうのは、ゲーム内での行動に対して運営側が与えるもの。時々付加効果《ふかこうか》がある――か。

称号【あなたと仲良し】
異世界の住人《NPC》との友好度が上がりやすくなる

ステータスを確認してみたら、しっかり称号が明記されてた。

これで異世界の住人《NPC》と仲良くなりやすくなるなら嬉しいな。

寄り道して正解だった。アリスちゃんの笑顔を見られたし、称号と報酬もらったし。

「モモはこれから何するの？」

「これから？　冒険者ギルドに行く予定だよ。僕、旅人《プレイヤー》だから、身分証を作ってもらうんだ」

「ぼうけんしゃになるんだ？　パパのところによく来るよ」

「パパ？　なんのお仕事してる人なの？」

アリスちゃんのお家は、冒険者相手に商売してるのかな。

「あのね……おくすり作って売ってるの」

「お薬！　薬士さんってことかー。いいね、仲良くなりたいな」

僕は錬金術士だけど、オールマイティーに生産活動できるみたいだから、薬士さんに薬の作り方を教えてもらえたら役に立ちそう。

「じゃあ、いっしょにおうち帰る？」

アリスちゃんがキラキラした目で見つめてくる。

そんな期待してる目を向けられたら、断れないよ。というわけで、答えはもちろん――

「いいよ！　でも、身分証作ってから……」

「アリスのおうち、ぼうけんしゃギルドのとなりだよ」

「ほんとに？　じゃあ、ついでに行けるね」

アリスちゃんのパパのとこ行ってからでも、身分証作るのは遅くないか。今はちゃんとアリスちゃんを送り届けなきゃ。

アリスちゃんのパパってどんな人かなー。友だちになれたらいいな。正規の攻略ルートを外れてるような気がするけど、楽しいんだからいいよね。

このゲーム、自由度が高くてなんでもできるみたいだし最高。バトル目当てでゲームしてるわけじゃないし、マイペースに脇道を突っ走っちゃおう。


子猫を抱っこしてるアリスちゃんの隣をトテトテと歩く。歩くスピードが一緒くらいだから話しやすくて嬉しい。

家に着くまで時間かかっちゃうけど、さすがにアリスちゃんを抱っこしながら飛翔《フライ》を使うのは怖いからダメ。アリスちゃんの方が大きいから、抱っこするだけでも大変そうだし。

話しながらのんびり歩いてたら、大通りに着いた。

まだ続々とプレイヤーがやって来てるみたい。みんな冒険者ギルドに一目散《いちもくさん》だ。身分証を作らないとバトルのチュートリアルができないし、みんな早く戦ってみたいんだろうなぁ。

「きょうは人がおおいね？」

「あ、やっぱり？　僕みたいな旅人《プレイヤー》がたくさん来てるみたいだよ」

戸惑《とまど》った顔のアリスちゃん。やっぱり現地住民は戸惑うよね。

このゲームの第一弾参加者は五万人に限定されてる上に、細かくサーバーが分かれてるらしい。だから、この街に今日やってきたのは千人くらいかな？　――十分多いね！

「そうなんだ。じゃあ、パパのおみせも、おきゃくさんいっぱいかなー」

アリスちゃんはなんだか嬉しそう。冒険者ギルドの隣にある薬屋なんだから、元々お客さん多そうだけど、もっと繁盛してる方がいいのかな。

「商品なくなっちゃうかもね」

「いつもたくさんあまってるよ？」

「え、そうなの？」

もしかして、はじまりの街にはあんまり冒険者がいなかった感じ？

そうなると、急に冒険者が増えたことで、お店の在庫不足とかの混乱が起きそう。システム的に供給されるならいいけど、様子見が必要かな。アリスちゃんのパパに話を聞いてみよう。

「人がおおいとこわいね……まわり道しよ？」

「いいよ。みんな体がおっきくて威圧感あるもんね」

子どもが安全に歩けそうにない人混みを見て、僕はちょっと顔を顰《しか》める。

街中《まちなか》で勢いよく走ってる人もいて危ない。早くバトルしたいんだろうけど、睨《にら》んでる住人の顔が見えてないのかな？

「こっちだよ」

アリスちゃんの後に続いたら、細い道があった。住人だけが使える生活道って感じ。

わー、洗濯物干してある……

ゲーム内なのに、現実感重視しすぎじゃない？　面白いからいいけどさ。

「大人じゃ通り抜けるの難しそうだね」

「うん。アリスたちのひみつの道なの。モモ、ないしょにしてね？」

「もちろんだよー」

秘密は守りますとも。今のところ話す相手もいないし。

アリスちゃんが言うには、こういう細道が街に張り巡らされていて、穴場スポットがたくさんあるらしい。ゲームシステムのマップには記載されてないけど、結構作り込まれてるんだね。

「モモにわたしのちずあげる」

ポケットを探ったアリスちゃんが、折りたたんだ紙を差し出してきた。

「地図？　ありがとー」

【はじまりの街《まち》の秘密《ひみつ》の地図《ちず》】
通常は侵入できないエリアに入れるようになる地図
入手するとマップが更新される

急に凄いアイテムをもらえたなぁ。

驚いていたら、不意にアナウンスが聞こえてくる。どうでもいいけど、これナビの声っぽい。

チェーンミッション1【アリスと散歩】をクリアし、報酬として【はじまりの街の秘密の地図】が贈られました。マップを更新します
マップを開いて、右上のシークレットタブから追加された情報を確認できます
はじまりの街のシークレットエリアを一人で探索できるようになりました

ヘルプによると、チェーンミッションとはクリアすることで連鎖して現れるミッションのことらしい。そんなものがあるんだね。

報酬はマップの更新かー。あ、新しいタブができてる。これを意識して——開いた！

追加された情報は、これまで使ってたマップの上に別の色（赤）で示されてる。

ほうほう……これまで空白だった場所がだいぶ埋まってるね。ここ、シークレットエリアだったのか。アリスちゃんがいなかったら入れなかった場所ってことだ。

シークレットエリアのお店とか気になるのはたくさんあるけど、一番行ってみたいのは【猫《ねこ》まみれ】だな！　どういう場所なんだろう？　広場っぽいから、日向《ひなた》ぼっこしてる猫がいっぱいいるのかな。猫のおやつを見つけられたら行ってみよう。

「モモ、おうちについたよ」

「あ、ほんと？　ここ裏口だね」

いつの間にか到着。アリスちゃんの家は一階が薬屋で、二・三階が住居になってるんだって。

裏口からお邪魔します。表通りからはにぎやかな声が聞こえてくる。

「パパ、ただいまー」

「アリス、おかえり。お？　なんだそれ……？」

それ扱いされました。失礼だな！

アリスパパは、『冒険者じゃないの？』って思うくらいがっしりした体格の人だった。

「僕はモモ！　今日この街に来たんだ。子猫を助けたらアリスちゃんと仲良くなってね――」

子猫を連れて二階に上がったアリスちゃんに置いていかれたので、僕がアリスパパに経緯を説明。

そうしたら、凄く感謝された。

「うちのアリスが世話になったな！　ちっこいくせに、頼りになるじゃないか！」

「……ちっこいは余計」

ムスッとしてたら、アリスパパに背中を叩かれた。ちょっとダメージが入ったんだけど⁉

僕の防御力を通り抜けてくるって、この人何者⁉

「――痛いよ！」

「悪い悪い！　お詫《わ》びに回復薬をやるよ」

小瓶《こびん》を渡された。紫色の液体が入ってる。なんか毒々《どくどく》しい……

チェーンミッション2【ランドと親しくなる】をクリアしました
報酬として【初級回復薬《しょきゅうかいふくやく》】が贈られます

【初級回復薬】レア度☆
体力を5回復する薬。飲んでも、かけても使える
パーティの仲間に投げて回復させることもできる

……ランドって誰？

いや、状況から考えたらアリスパパのことなんだろうけど、急に言われたらびっくりするよ。

というかさっきから気になってたけど、今の僕の行動ってミッションが続いてるんだ？

どこまであるんだろう？　回復薬をもらえたのは素直に嬉しいけど。

「それにしても、今日この街に来たって、もしかしてお前さん旅人《プレイヤー》か？」

「うん、そうだけど」

ランドさんが顔を顰めてる。旅人《プレイヤー》って言葉に、ちょっと嫌悪感《けんおかん》が滲《にじ》んでたのは気のせいじゃない

よね？

「……そうか。今日は旅人《プレイヤー》が一気に冒険者になったとかって話で、さっきまで大挙《たいきょ》してこの店に来てたんだよ」

「あー、冒険には回復薬が必須だからねー」

たぶん僕がすぐに冒険者になってたとしても、同じ行動してたと思う。

初日から死に戻り――死んで最初からになるのは嫌だもん。

チラッと店内を眺めたら、一部商品を除いてすっからかん。

残ってるのは、ゲーム始めたてじゃ買えないような高価な薬だけだ。

よく見たら、表の扉に鍵《かぎ》がかかってる。商品がなくなったから、もう閉店したみたい。

「おかげで在庫はほとんどないし、追加で作った分も売れちまった。材料さえありゃしねぇ。冒険者ギルドに薬草《やくそう》を発注してみたが、いつ届くことやら……」

「冒険者増えたから、すぐに依頼は受注されるんじゃない？」

薬草採集《やくそうさいしゅう》の依頼とか、ゲーム序盤ではオーソドックスだし、すぐ集まる気がする。

楽観的に考える僕に、ランドさんが首を横に振る。

「初心者が採集してくる薬草なんて、品質が悪くてほぼ使えん。馴染《なじ》みの冒険者が受けてくれるといいが……しばらくは無理そうだ。はぁ……」

おっきなため息だ。それにしても、薬草に品質ってあるのか。

「どういう風に採集したら高品質になるの？」

「おっ、もしかして、お前さんが採ってきてくれるのか？」

ランドさんの目がキランと輝いた。さてはこれを狙って話してたな？

これって多分、チェーンミッションの一環だよね。

「うん、僕でいいなら。冒険者ギルドで身分証を作ってから行くことになるけど。採り方のコツを教えて」

「もちろんだとも！　これを読んで、採集スキルを習得してくれたら大丈夫だ」

いきなり分厚い本を渡された。これ何？　重いんですけどー。

チェーンミッション3【ランドからの薬草採集の依頼】が開始しました
【採集のコツ教本《きょうほん》】が贈られました。スキル【採集】に変換されます
既に入手しているため、スキルに経験値が加算され【採集】のレベルが2になりました

チェーンミッション3【ランドからの薬草採集の依頼】
はじまりの街の薬の在庫がなくなった！　調薬のために薬草が必要だ
たくさん採集してきて納品しよう。採れば採るほど、がっぽり稼げるよ！

本が消えた。読まなくてよかったみたい。簡単にスキルレベルが上がって嬉しい。

「薬草はどれだけあってもいいからな！　もちろん、品質に相応しいお金も払う。冒険者ギルドでの買取《かいとり》より色をつけてやるから、たくさん採ってこいよ」

「わかった、がんばる！」

俄然《がぜん》やる気が湧いてきた。お金は大切だ。まだ貨幣価値をいまいち理解できてないけど。

「パパとモモ、仲良くなった？」

アリスちゃんが戻ってきた。にこにこしてる。

「仲良くなったぞー、な？」

「そうだねー」

僕が頷《うなず》くと、ランドさんがカードをくれた。


【フレンドカード・薬士ランド】が贈られました。フレンド欄が更新されます

フレンド第二号ができました。また異世界の住人《NPC》だよ。友だちたくさんっていいね！

用が済んだので、アリスちゃんたちとはそろそろお別れ。

ランドさんに調薬の仕方とか聞いても「お前さんにはまだ早い」って言われたんだもん。

たぶんもっと仲良くなるか、もしくはメインミッションを進めないといけないんだと思う。

というわけで、脇道から本道に戻るぞ。

ばいばい！　と手を振るアリスちゃんに手を振り返す。また会おうねー！

第二章　冒険者になります

裏口から出て表通りを歩いたけど、人が多い。げっそりしちゃう。パーティ募集してる人だかりで騒がしいし、この感じだと、冒険者ギルドの中もいっぱいなんじゃない……？

おそるおそる冒険者ギルドの扉を開けて、中に入る。剣が交差したマークの看板が冒険者ギルドの印《しるし》だ。

「あれ？　少ない……」

驚くことに、冒険者ギルドの中は数人の冒険者らしき人と職員しかいなかった。

しかも、プレイヤーって示されてる人が一人もいない。

「もしかして、ここって隔離されてる場所？」

プレイヤーそれぞれで独立した空間になってるのかも。ゲームが始まった時の、異世界との狭間みたいな。

「ま、人が少ないに越したことはないよね」

気分を上げて、いざ受付カウンターへ。そこにいたのは、青色の髪の若い女性だった。

「いらっしゃいませ……？」

「ここだよー」

視線を彷徨《さまよ》わせてる受付さんに、飛翔《フライ》を使ってカウンターに飛び乗りながら主張する。

プレイヤーが来たら挨拶するように設定されているんだろうけど、それなら身長のこともあらかじめ考慮してくれててもよかったんじゃない？

「きゃっ、モンスター！　……じゃない？」

「じゃないんです、たぶん。でも、種族はモンスターかもしれない」

今さらだけど、異世界の住人《NPC》的に僕ってどう見えてるんだろう？

アリスちゃんもランドさんも、普通に受け入れて話してくれたけど。

「なるほど。友好モンスターの旅人《プレイヤー》の方ですね」

モンスター認識ではあるんだ？　異世界の住人《NPC》から襲われないならそれでいいよ。

「うん！　それより、僕も冒険者登録できる？」

「旅人《プレイヤー》の方なので可能です」

よかったー。これでモンスターはダメとか言われたら、ゲーム序盤で詰んじゃう。

「じゃあ、登録お願いします！」

「かしこまりました。申し遅れましたが、私はロアナです。よろしくお願いします」

「僕はモモだよ。ロアナさん、よろしくね～」

受付さんにも名前があるんだ。覚えとこう。ロアナさんはすぐに登録作業を進めてくれた。名前とかはシステムで勝手に登録されるみたい。楽でいいね。

「こちらの内容で登録しますね」

ロアナさんが見せてくれたのは、僕の名前と職業が書かれた紙。内容薄いな。スキルとかすぐに増えるから書いてないのかも。更新大変だもんね。

「はーい」

「では、身分証となるギルドカードの作成が完了するまでに、冒険者ギルドの規則をご説明します」

ヘルプ参照じゃなくて、きっちり説明してくれるみたい。

ロアナさんが説明してくれたことをまとめるとこんな感じ。

①冒険者ランクは、下はGから、上はAまで。さらにAより上のSは、国から与えられる英雄の称号持ちだけ。登録してすぐはGランク。

②依頼を受けて達成すると、冒険者ギルドポイントがもらえる。一定数貯まるとランクが上がる。次のランクまでに必要なポイント数は、ギルドカードに記載されている。

③依頼を失敗したり、キャンセルしたりすると、相応に冒険者ギルドポイントが引かれ、ランクが下がることがある。悪質な場合は、一定期間の冒険者資格停止処分がある。

④依頼の一部にはランク制限がある。自分のランクの一つ上までの依頼を受けられる。

⑤依頼はソロ、パーティのどちらで受けてもいい。依頼受託時に申告すること。システムメニューの依頼一覧からも依頼の受託や納品などができる。

⑥犯罪行為が発覚した場合は、冒険者資格が失われるのと同時に、すべての街で犯罪者として手配される。冒険者に捕縛《ほばく》依頼《いらい》が出されることもある。

「――大まかな規則の説明は以上です。何かご質問はありますか？」

「ううん、大丈夫。いたずらに依頼を受けてキャンセルしなきゃいいってことだよね。犯罪行為はそもそもするつもりないし」

「はい。納品依頼の場合は、アイテムの品質により報酬が変わることもありますのでご注意ください」

薬草とかの品質のことか。オッケー、理解できた！

「ギルドカードができました。質問がないようでしたら、手続きは以上になります。バトル指南《しなん》の手配は必要ですか？」

「バトル指南？」

「こちらが指定した冒険者に、戦闘方法を教えてもらうことです。モモさんに負担なく、冒険者ギルド側で指南役を手配します」

それ、チュートリアル？　いるに決まってるじゃん！

「手配してください！」

「かしこまりました――現在手配できる冒険者はCランクのカミラです。よろしいですか？」

「誰かわかんないけど、たぶん問題ないよ」

聞かれたところでどうしようもなくない？　首を傾げてたら、ツンツンと背中をつつかれた。振り返ったら黒髪の美人さんが無表情で佇《たたず》んでる。

「……私がカミラ」

「あ、そうなんだ？　よろしくー。僕はモモだよ」

そういえば、ここに来た時、依頼書を眺めてる後ろ姿を見かけたかも？

ローブ着てるから魔術士さんかな。僕の職業にあわせて用意されてたんだろう。

「ん。街の外に行く」

「すぐに始まる感じかぁ。準備はいらない？」

聞いたら、カミラがじっと僕を眺めた。美人に見つめられたらドキドキしちゃう。

「杖持ってる」

「気分しか上がらないらしいけど」

「魔術発動体《まじゅつはつどうたい》として使えるなら十分。攻撃力上げたかったら、後でお金稼いで自分で買う」

「了解ですー」

話し方、淡々《たんたん》としてるな。聞き取りやすい声でいいけど。美人だし。

「――あ、でも、防具は？」

「モモは旅人《プレイヤー》の服を持ってない？」

「ないねー。友好モンスターってやつみたいだから！」

人の姿の種族だと、旅人《プレイヤー》の服を初期装備でもらえるらしい。雀《すずめ》の涙ほどの防御力があるとか。

まあ、僕は自前の毛皮で防御力抜群だけどね！　……う、羨ましくなんかないんだからっ。

「モモだけないのは可哀想。これあげる」

カミラがブレスレットみたいなものをくれた。

冒険者カミラから【防御力＋1】のブレスレットを贈られました

プラス1……！　しょぼい、げふん――効果がささやかだけど、ありがたいな！

早速つけてみよう。銀色の金属のブレスレットで、なかなかおしゃれかも。

サイズは自動調節してくれるみたい。

「似合ってる」

「ありがとう。準備できたから、行こー」


チュートリアルを開始します――【東《ひがし》の草原《そうげん》】に転移します

視界がブレる。でも、それは一瞬で、気づいたら草原にいた。草と土のにおいがリアルだ。

エリア【東の草原】推奨種族レベル1以上
はじまりの街の東側にある草原。サクノ山の裾野《すその》に広がっている
現れるモンスターはスライム、跳兎《ジャンプラビ》、草原狼《プレアリーウルフ》の三種類

「ここは東の草原。街の東門から出たらここに着く」

「他にも門があるの？」

「西は港《みなと》。北と南の門から街道が伸びて、どっちも第二の街オースに繋がってる。ここよりモンスターが強いから注意」

「そうなんだ。最初のレベル上げはこっちでしろってことだね」

周囲を見渡す。東の方に大きな山が見えた。

「あれはサクノ山。地中で火の古竜《エンシェントドラゴン》が眠ってると言われてる」

「古竜《エンシェントドラゴン》!?」

急に凄い名前が出てきた。強そうなんだけど、序盤で出てくるもんなの？

「ん。実物を見た人はいない。でも、たまに火を噴《ふ》く」

「……それ、火山の噴火《ふんか》じゃない？」

「そうかもしれない」

カミラの口元がちょっと緩んだ。わかりにくい笑い方だなー。貴重だからこそのご褒美感《ほうびかん》があってラッキーな気がする。

「この島自体がサクノ山から流れ出た溶岩《ようがん》でできてるらしい」

「待って、ここ島なの？」

初耳。マップじゃそんなことわからなかったよ。

「今は大陸と繋がってる」

「あ、それも溶岩で、ってことだね」

なんかそんな話どっかで聞いたことあるなー……あ、桜島《さくらじま》だ！　鹿児島県にある活火山。

名前も似てるし、桜島がモデルなのかも。

カミラに詳しく話を聞いたら、大陸（イノカン国）って鹿児島県に似た形になってるみたい。

なるほど、イメージしやすい。つまり、はじまりの街があるサクノ山は、イノカン国の内海にあるってことか。

「東の草原で現れるモンスターは、スライムと跳兎《ジャンプラビ》と草原狼《プレアリーウルフ》。一番強いのは草原狼《プレアリーウルフ》。最初はスライムか跳兎《ジャンプラビ》と戦うべきだけど——」

カミラはそう言ったところで僕をマジマジと見つめた。

なに？　なんか嫌な予感がするよ。

「モモはうさぎ？　同士討ちは嫌？」

「僕は跳兎《ジャンプラビ》じゃないーっ！」

失礼しちゃうな、もう。

跳兎《ジャンプラビ》を見たことないけど、僕はれっきとした天兎《アンジュラパ》っていう種族名があるんだから違うんだよ！

そうカミラに抗議したらちゃんと納得してもらえたので、チュートリアルを本格的に開始です。

敵であるモンスターは自分で探さなきゃいけないみたい。

索敵も含めて、バトル指南ってことだ。

「どこにいるかなー？」

「街の近くはスライムと跳兎《ジャンプラビ》が多い。あっちの木があるエリアまで行くと、草原狼《プレアリーウルフ》が出てくる」

「なるほど。じゃあ近場で探そう」

周りをきょろきょろ。

意外といないもんだね。もっと次々に現れるもんだと思ってた。

「スライムはすぐに出てくるはずだけど……」

カミラがちょっと戸惑ってる。ここまでモンスターが現れないのは異例らしい。

どうしてかな？　スライムといえば、異世界との狭間でちょっぴり仲良くなったけど。

もしかして僕がモンスターに分類される種族だから、とかありえる？

「んー……この草、気になる」

警戒しながら歩いてたら、足元にトゲトゲした葉っぱが密集してるのを見つけた。

「それ、薬草。街の近くは採り尽くされてることが多いから、ここで見つかるのは珍しい」

「そうなんだ！　ラッキーだねー」

チュートリアルが独立した空間で行われてることと関係ある？

プレイヤーが一人もいないし、冒険者ギルドと同じ感じでここも隔離されてるっぽいんだよね。

ありがたく採集しちゃお。これ、プチッと採っていいのかな？

「あ、スキルってこんな感じか」

薬草に触ったら、勝手に切れた。

手の中にはワサッとした草の束。薬草とったどー！

【薬草】レア度☆
草原や森など、様々なフィールドで採集できる
回復薬の材料になる他、そのまま食べても体力を1だけ回復できる

薬草を掲げたら、カミラに不思議そうに見られた。楽しんでるだけなのでスルーしてください。

そそくさとアイテムボックスにしまう。

すると、薬草の束（普通品質）×1って表記が出てきた。なんかこの表記いいね。アイテムボックスは三十枠《さんじゅうわく》あって、一枠に九十九個までアイテムが入るし、枠いっぱいまで薬草を集めたい。

「普通品質。採集レベル2だと、この品質か……」

「アイテムの品質は最低・低・普通・高・最高まである。普通品質はGランク冒険者ならいい方」

「へぇ、解説ありがとう」

つまり、ランドさんは最低品質を回避したくてスキルをくれようとしたのか。

それなら、下から三番目は十分でしょ。

プチプチと薬草採集をしながらモンスターを探す。なんで出てこないんだろ？

薬草を百回採集しました。称号【採集ダイスキ】が贈られます

称号【採集ダイスキ】
採集したアイテムの品質が少し上がる

いい効果だね！　というか、僕もう百回も薬草採集してるの？

でも、アイテムボックスの一枠が埋まってない――と思ったら、二枠に分かれてた。

低品質と普通品質で枠が違うんだね。

称号の効果があると高品質が採れる？　それとも普通品質の割合が増える？　要検証だ。

「暇……」

「それはごめん」

カミラが遠くを見つめてる。なんでモンスターが現れないんだろうね？

探してないだろって言われたら否定できないけど。つい、薬草探しに熱中しちゃって。薬草がお金に見えるんだもん。

いや、そろそろちゃんとチュートリアルをこなそう。集中して探すよ！

「――ん？」

気合いを入れ直したところで、背の高い草の陰に何かが見えた。

ぷるぷるしてる物体だ。見覚えがある。でも、なんか色が違う？　前に見たのは青だったけど、こいつは緑だ。草に紛《まぎ》れてるから、飛び出してこないと見つけにくい。

「スライム発見！」

「やっとバトル」

カミラがそう言うけど、これ、バトルになる雰囲気かな？

スライムは僕を見て『やっほー』って感じで体を震わせてる。

どうもどうも。もしかして、異世界との狭間で会ったスライムさんのお知り合い？　あ、違うの。会ったことはないんだ——あれ、王様だったの!?

衝撃的な事実を知ってしまった……種族例として用意されてたスライムは王様だったらしい。スライム様って呼ぶべき？　僕、クッション代わりにお尻に敷《し》いちゃったんだけど。

「何してる？」

「へっ、あ、スライムとお話を……」

「敵なのに？」

「敵なのかな？」

カミラが目を丸くしてる。ここまで大きく表情を変えてるのは初めて見た。

そりゃ、野生のスライムと仲良くしてたら驚くよね。僕も普通に話せてびっくりしたし。

「……仲良くなったモンスターとは意思疎通《いしそつう》できるって聞いたことある。でも、野生のスライムと話してるのは初めて見た。狼族獣人《おおかみぞくじゅうじん》は、たまに狼系モンスターと意思疎通してたけど……」

カミラが不思議そうに呟きながら、僕をマジマジと観察した。

そんなに見られたら照れちゃうー。

「狼族獣人は狼系モンスターと仲良くなりやすくて話ができるってことかな？　僕も希少種——モンスターの一種だから、いろんなモンスターと仲良くなりやすくて、話せるってことなのかも！」

そうだったら嬉しいな。たくさん友だちができそうだもん。

ほのぼのと微笑んでたらアナウンスが聞こえてきた。


スライムから情報を得たことにより、称号【スライムキングを尻に敷く】が贈られます

称号【スライムキングを尻に敷く】
異世界との狭間でスライムキングを踏んづけた者が、その真実を知ることで与えられる称号。スライムとの友好度が上がりやすくなる
王様を尻に敷いた君はスライムから尊敬されてるよ！

ふぁ!?　なんかもらっても微妙な雰囲気の称号が来ちゃった……

尻に敷くって、そんな称号をなんで用意してんの。

でも、スライムと仲良くなれるのは嬉しいかも。

「スライムくん、お名前あるの？」

ぷるぷる。ないってさ。なんで声もないのに理解できるんだろう。僕もモンスターだからかな。

「じゃあ君のこと『スラ君』って呼ぶね！」

スライムくん――スラ君がぴょんと跳ねた。喜んでくれて嬉しい。

ネーミングセンスないって否定されなくてよかった。

カミラが「えっ……」と呟《つぶや》いてるのは、モンスターに名前をつける行為に対してだと思いたい。

――シャラン！

「スラ君が光った⁉」

急に白っぽい光を放ったスラ君にびっくり。

光が消えても、特に変化はない気がするけど――？


野生のモンスターと友情を育みました。スライム【スラ君】からモンスターカードが贈られます

モンスターカードってなんぞや？

ヘルプ参照――これ、フレンドカードのモンスター版みたいだ。

フレンド欄にモンスター用のタブができてる。登録されたモンスターはバトル時に召喚可能らしい。

パーティメンバーをゲットできた感じ？

フレンド第三号はモンスターかぁ……

そろそろプレイヤーともフレンド登録したいよ。凄く脇道を突き進んでる気がする。

ワールドミッション【モンスターをテイム】が、プレイヤーにより達成されました
これより転職可能な職業に【テイマー】が追加されます
ワールドミッションを初めて達成したプレイヤーに、報酬としてスキル【テイム】【召喚《しょうかん》】とアイテム【モンスター空間《くうかん》（草原《そうげん》）】が贈られます

えっ、これ、ワールドアナウンスってヤツ？　プレイヤー全員に通知されてるんだよね？　初めて聞いた……


モンスターとフレンド登録すると、テイム認定になるのか。

テイマーになると、バトルフィールド以外でもテイムモンスターを連れ歩けるんだって。

テイマーが増えたら、僕も街で目立たなくなるかな？

でも、職業ってまだ変更できない気がする。

——ヘルプを確認したら、転職機能が解放されないと、テイマーに転職するのはやっぱり無理みたい。随分《ずいぶん》と先取りしてワールドミッションをクリアしちゃったのかも。

スキル【テイム】
モンスターを一定の確率でテイムできる
自分のレベル以上の相手には効きにくい

テイムしたモンスターはフレンド欄モンスタータブに記載され、召喚可能になる
スキル【召喚】
テイムしたモンスターを召喚できる
モンスターがいる場所との距離に従って、詠唱時間が変わる
召喚すると、パーティの枠を使用する
レベル1では、一回のバトルに一体召喚できる
〈テイマーでない場合〉
召喚可能時間・再召喚可能になるまでの時間に制限がある
レベル1では、召喚可能時間五分、再召喚可能になるまで一時間かかる
モンスターが死に戻りした場合、六時間再召喚不可
【モンスター空間（草原）】レア度☆☆☆
テイムしたモンスターを保有できる空間。草原の環境が設定されている
現在の保有可能モンスター数は五体
この空間で保有したモンスターは、召喚する際の詠唱時間が短くなる
保有期間中にモンスターの世話等は必要ない

アイテムボックスの中に、草原のジオラマみたいなのがあった。これがモンスター空間かぁ。

「スラ君、モンスター空間に入る？」

アイテムボックスから取り出したジオラマ（両手で抱えるサイズ）を見せたら、スラ君が嬉しそうに体を震わせた。そして、白い光を放って消えていく。

「えっ……あ、ジオラマの中にちっちゃいスライムがいる！」

芸が細かいことに、モンスター空間内で動いてるモンスターの姿を観察できるらしい。

インテリアにもよさそうだね。

「……よくわからないけど、おめでとう？」

「ありがとう！」

カミラが不可解そうにしてる。でも、お祝いしてくれるってことは、異世界の住人《NPC》的にもテイマーは受け入れられるってことだよね。

「バトルはできなかったけど」

「そうじゃん！　今回の目的は初バトルなのに……」

忘れてた。またモンスター探さないと。でも、スラ君と仲良くなったから、スライム倒すのは気が引けるなー……いつになったらチュートリアル終わらせられるんだろう。

モンスター探し再開。できたら跳兎《ジャンプラビ》が見つかると嬉しい。

「って、スライム……」

緑色のスライムが『やっほー』って震えてる。スライムが友好的なのって称号効果？

でも、もらう前から親しげだったような。

「バトルする？」

聞いてみたら、『えっ。わたしとですか……？』って感じで怯《おび》えられた。

ごめん。誰かとバトルしたいだけなんだ。嫌ならいいよ。

「跳兎《ジャンプラビ》がどこにいるか知らない？」

期待せずに聞いてみたら、スライムは『あっちー。みんなでおいはらってあげたんだよ』と答えた。

「――って、モンスターに遭遇《そうぐう》しない原因、君たちかいっ!?」

反射的にツッコミを入れた。だって、勝手にモンスターが追い払われてるとは思わないじゃん。好意でしてくれたんだろうけど、余計なお世話ってあるんだよ？

薬草採集が捗ったのはありがたいけどさ。

「どういうこと」

「んー、スライムたちが、僕によかれと思って、周囲の跳兎《ジャンプラビ》を追い払ってたみたい……」

「どういうこと」

二回聞かれた。声に滲む疑問が強くなってる。

Cランク冒険者さんでも、初めての状況なんだねー。初体験ヨカッタネ！

スライムは『よぶ？　つれてくる？』と窺《うかが》う感じで見上げてくる。ぜひともお願いしたいです。

僕が頷いたら、スライムも重々しい感じで頷くように体を揺らした後、どこかへ跳《は》ねていった。

周囲で一気に何かが動く音がする。

……この気配、もしかして全員スライム？　僕を跳兎《ジャンプラビ》から守ろうと控《ひか》えてたの？

「なんでこんなに好かれてるのかわからない」

スライムキングを尻に敷いたからか。そんなことでスライムって好意を抱くの？

真性のM——いや、性癖……この言い方もダメか。

「たくさん囲まれてるのに襲ってこなかったのは、モモに原因があった……」

「カミラ、囲まれてるの気づいてたんだ？　言ってよー」

「索敵も戦闘指南の一環。自分で気づくべき」

指南って、普通最初にやり方教えてくれるもんじゃないの？　放任はひどい。

でも、おかげで気配読めるようになったかも——何気なくステータスを眺めたら、スキルを入手してることに気づいた。

スキル【気配察知《けはいさっち》】
モンスターの気配を察知できる
習熟度《しゅうじゅくど》が増すと、数や距離を把握できるようになる
レベル1で察知できる範囲は、およそ半径十メートル

これ、スキルを入手するのは簡単でも、育てるのが難しいっていうパターンかな。

スキルがたくさんあったら、把握するのさえ大変になりそう。

気配察知スキルは魔術と違って呪文の詠唱がいらないみたいだから、使いやすくてありがたいなぁ。

「——跳兎《ジャンプラビ》が来た」

「スライムに追い立てられてるー」

たくさんのスライムたち、ご苦労様です。ありがとう。でも、必死で逃げてる跳兎《ジャンプラビ》がなんだか憐《あわ》れです。

跳兎《ジャンプラビ》は野生感が強い雰囲気で、薄紫色《うすむらさきいろ》のうさぎだった。

僕とは全然似てないじゃん！　僕はもっとふわふわでプリティーだよ。

カミラは同類扱いしたけどさぁ……拗《す》ねちゃうぞ！

「魔術を使ってみて。跳兎《ジャンプラビ》に対して不利な属性はない。どれでもいい」

「了解。じゃあ、オーソドックスに火魔術から」

レベル１で使える火魔術は一つだけ。というわけで早速呪文を詠唱。パッシブスキルで詠唱時間は普通より短くなってるはず。

「ほにゃららこにゃらら——【火の玉《ファイアーボール》】！」

いくらなんでも詠唱の呪文に手を抜きすぎじゃない？

スキルを使おうと思ったら、勝手に声が出たんだけど……呪文がヘンテコすぎて恥ずかしい。

——ギュビッ！

「当たったみたい。でも、倒しきれてない」

火の玉《ファイアーボール》が当たった跳兎《ジャンプラビ》は一歩後退したけど、頭を振って僕を睨んできた。

完全に敵としてロックオンされちゃってる。ヒエッ。

跳兎《ジャンプラビ》の後ろで、スライムたちが『ふれー、ふれー、がんばれー』と応援してるのが、凄く場違いだ。緊張感が消し飛んで笑っちゃいそうだから、おとなしくしててください。

「攻撃力が足りてなかったのかー」

「あと一発でいけそう」

僕が呟くと、カミラが答えてくれた。

そうなんだ。確かに、跳兎《ジャンプラビ》の頭上にある体力を示すバーの半分ほどが消えてる。

完全に敵対すると、この体力バーが示されるからわかりやすい。

「んー、じゃあ、違う魔術も試したいな」

何にしようかなー。火魔術使っても、草原に延焼《えんしょう》することはないみたいだから、周囲への配慮はいらなそう。

「火を重ねると、火傷《やけど》状態にできる可能性もある。でも、すぐに死んじゃうから跳兎《ジャンプラビ》相手だとわからないかも」

「あ、そういうのもあるんだ？　強そうな相手に遭遇したらやってみるよ」

いい情報をゲットした。燃やし続けたら火傷状態になるのは理解しやすい。火傷状態にすると、一定時間防御力を無視したダメージを与えられるらしい。

「――水をかけたらどうなるのかな？」

現実だと、熱くなって水がきたらラッキーってなるけど、ゲームだと関係ない？

気になるから使ってみよう。

「ちゃぷちゃぷばっしゃーん――【水の玉《ウォーターボール》】！」

火の玉《ファイアーボール》より間抜けな呪文……恥ずかしいよぉ。無詠唱《むえいしょう》スキルとかない!?

僕が密かに羞恥心《しゅうちしん》で悶《もだ》えてる間に、跳兎《ジャンプラビ》に水の玉《ウォーターボール》が当たって弾《はじ》けた。

倒したモンスターは、光になって消えていく。

跳兎《ジャンプラビ》を倒しました。経験値と【跳兎《ジャンプラビ》のもも肉】【跳兎《ジャンプラビ》の皮】を入手しました
アイテムボックスに収納されます

【跳兎《ジャンプラビ》のもも肉】レア度☆
生肉。調理すると食べられる。鶏肉《とりにく》に似ているらしい
煮《に》ても、焼いても、揚《あ》げてもよし！　この国で最も食べられている肉
【跳兎《ジャンプラビ》の皮】レア度☆
鞣《なめ》して革にすると、防具などを作製するための材料になる。耐久性はあまりない
薄紫という珍しい色なので、装備の差し色に使われることが多い

ひゃっほーい！　初勝利だよ！

もらった経験値がしょぼい気がするけど、最初だからしかたないね。

種族レベルが上がりました。２ＳＰ《ステータスポイント》を獲得しました

「レベルアップ!?　凄い。最初は必要経験値が少ないんだね」

しょぼいとか思ってごめんよ。跳兎《ジャンプラビ》、いい経験をありがとう！

「ん。レベル２には上がりやすい。戦闘指南続ける？」

「続ける！　というか、カミラはもっとコツとか教えてくれないの？」

今はほぼ付き添ってるだけじゃん。

ジトッと見つめてみた。カミラはちょっと考え込んでる。

「……魔術は組み合わせが大切。さっきは火の後に水を使ったけど、もっと違う順番にすると、効果が上がることがある。反対に下がることもあるから注意。さっきの水も、本来はもっとダメージが出る」

「あ、そうなんだ!?　火の後の水はダメってことか……」

「ん。状況にもよる」

いいアドバイスありがとう。

他にも欲しいな、とねだってみたら、カミラはまた首を傾げた。

「――スキルがなくても、速く走ろうとしてみたり、飛び退《との》いたり、キックしたりしても効果がある。繰り返したらスキルを得られる。スキルになると効果が大きくなる。得られるまでの時間の長

さは、適性による」

「確かに、スキルって行動すれば結構手に入れられるもんね」

じゃあ、体術系のスキルの習得を目指そうかな？　回避とかスキルでできたら安全性増すよね。

「ん。いろいろ試してみるべき」

「わかった！　がんばるよー。さて、次のモンスターは……」

ちらりと視線を前方に向けたら、ドドッと何かが走ってくる気配を感じる。

これ、スライムに追い立てられてる跳兎《ジャンプラビ》だよね。おかわりも早めに用意してくれてたのかー。スライムたちは気が利く！

「よーし、魔術全種試そう！　そのあとは回避とか体術を鍛えようかな」

運動苦手だからどうなることかと思ってたけど、意外と楽勝な感じ。楽しーなー！


というわけで、魔術をいろいろ試してみたよ。

風魔術レベル1は風の玉《ウィンドボール》で、魔術は全部レベル1がボール系みたい。

跳兎《ジャンプラビ》に対しての攻撃力は全部同じくらいだった。でも、木魔術の木の玉《ウッドボール》の次に火の玉《ファイアーボール》を使ったら、ダメージが上がった気がする。

たぶん木から火、火から風、風から土、土から水、水から木で使うと、属性的にいいんだね。

ただ、モンスターによっては属性にも得意・不得意があるらしいから、単純にこうすれば大丈夫ってわけでもなさそう。工夫しがいがあって面白い。

「種族レベルが5になったよー。魔術士レベルも３！　大成長だね」

「あれだけ跳兎《ジャンプラビ》を倒せばそうなる」

僕が報告したら、なぜかカミラが呆れてる気がする。

僕は真面目に戦闘訓練してただけだよ？

凄い数のもも肉と皮が集まってる事実からはちょっと目を逸《そ》らす。乱獲じゃないです。

スライムたちが次々に跳兎《ジャンプラビ》を連れてきてくれるから、やめ時がなくなっちゃっただけなんだ。

「ＳＰ《ステータスポイント》の割り振りは？」

「ステータスポイント……忘れてた！」

そういえば、種族レベルが上がる度に、なんかアナウンスされてた。

ステータスを確認してみたら、ＳＰ《ステータスポイント》８って表示されてる。これを好きなステータスに割り振れるんだって。体力と魔力は、種族レベルが上がる度に自動的に上げられてる。

もらったＳＰ《ステータスポイント》はどこに使おうかなー。

「回避を鍛えるなら素早さが重要。攻撃の精度を上げるなら器用さ。単純なダメージ力を上げるなら魔力攻撃力に割り振るのがおすすめ」

「攻撃の精度？」

なぁに、それ。僕が首を傾げたら、カミラはきょとんと瞬きをした。

「……説明してなかった。攻撃すると時々クリティカルが発生する。これはモンスターの弱点を突いた時に出やすい。ダメージが二倍以上になる」

「え、凄いね！」

「モモはこれまで一度も出してない。たぶん器用さが足りない」

器用さってそこに影響するんだ。生産だけに関係してるんだと思ってた。

「そっかー。クリティカルは惹かれるけど、そのために全振りするほどじゃないかも。結局運も関わってくるんだもんね？」

「幸運値が影響しているという噂はある。それを上げるのも一つのやり方」

うわー、さらに候補が増えちゃった。

……今のところ、攻撃力は足りてる。敵が弱いからかもしれないけど、魔術一発で倒せるし。

となると、今鍛えたいのは素早さかな。回避とかのスキルを覚えたい！

生産活動のために器用さも上げとこう。攻撃の精度も上がって一石二鳥でしょ。

「――よし、こうだ！」

体力：27　魔力：47　物理攻撃力：10　魔力攻撃力：14
防御力：30　器用さ：13（3UP）　精神力：14　素早さ：15（5UP）
幸運値：17

カミラが頷く。

「いいと思う。弱点補強」

「だよねー。物理攻撃力が弱いから、キックとか覚えてもダメージ低いけど。それは、必要になったら考える！」

胸を張る。これが今の僕の最良です。

「ＳＰ《ステータスポイント》の割り振りまで終わったから、戦闘指南は終了。質問があったら後から聞いてもいい」

「えっ、もう付き合ってくれないの？」

衝撃。カミラがいてくれるから、安心してバトルできたのに……

「本当は一回ダメージを受けたところを私がサポートするという指南もあった。でも、モモは攻撃受けてない」

ジトッとした眼差《まなざ》しで言われた。なんだか恨《うら》めしそうだけど、僕は自分から進んでダメージ受けたくないよ？

バトル中は周りのスライムたちが時々力を貸してくれてありがたかった。跳兎《ジャンプラビ》に不意打ちで攻撃されないように、たまに突進を逸らしてくれてたんだ。僕、もしかしてスライムに育てられたって言ってもいいのでは？　ただし過保護すぎて、必要な経験も積めなかった疑惑がある。

「あははー……それはサポートお願いしたかったなー」

「はぁ。パーティ組んだら自然とできるようになるはず。あとは攻撃を受けることを恐れないこと。誰かに守られてばかりでは成長しない」

心にグサッときました。

僕の恐怖心を正確に読み取られてる。攻撃受けるの、想像ができないんだよ。現実みたいに血は出ないけど、やっぱり衝撃はあるんでしょ？

「……最後にもう一回、モンスターとのバトルに付き合ってくれない？」

覚悟を決めました。僕、ガッツリ戦ってみる。

ゲームの中じゃ、バトルは避《さ》けて通れないんだし、ここで恐怖心に踏ん切りをつけておきたい。

「攻撃される体験をする？　でも、跳兎《ジャンプラビ》相手じゃもう意味ない」

「無抵抗で攻撃されるのは、なんか違うよねー」

カミラと顔を見合わせる。僕のお願いを聞き入れてくれるみたいだ。

でも、東の草原で今の僕が本気で戦える相手は、もう一種類しかないよね？

「草原狼《プレアリーウルフ》、行く？」

「……行こう」

たぶん、きっと、間違いなく、一人で行くよりカミラと一緒なら気が楽なはず！

自分にそう言い聞かせて、草原の奥へ進むことにした。木が生えてるエリアが草原狼《プレアリーウルフ》のテリトリーだ。

「ちなみに、初心者の冒険者は草原狼《プレアリーウルフ》と戦うなら、フルパーティ推奨」

「それ、六人がかりで戦えってことじゃん！　急に強すぎでは!?」

思わず叫んじゃった。

パーティは最大六人まで組める。人数が増えるほど、戦力は増す。

フルパーティ推奨っていうのは、それだけ敵が強いという証《あかし》だ。まさか、草原狼《プレアリーウルフ》が最初のフルパーティ推奨の敵とは……北と南の門から出た先の敵は、もっと強いのかな？

「初心者はレベル5までのこと。もうすぐ6になるモモならいける」

「判定ガバガバだよっ！　現時点でレベル5なんだから、僕はまだ初心者！　なんならチュートリアルも終わってない、ピヨピヨの雛《ひな》だよ！」

「？　モモはうさぎ」

「そういう意味じゃなーいっ！」

急に天然ボケかましてくるじゃん。カミラ面白いかよ。

ちょっとやけっぱちになってきた気がする。通り道で遭遇する跳兎《ジャンプラビ》に魔術をぶつけて不満発散！

今のところ、魔力はすぐに回復してるから、これくらいは目的外に使ってもいいでしょ。経験値入るし。

「私がサポートする。大丈夫」

頭をポンッと撫《な》でられる。そんな優しくできるなら、最初からそうしてよ、もう。

「頼りにしてる……」

むぅ、と頬を膨らませながら言う。

カミラが口元に微かな笑みを浮かべた。笑った顔可愛いね。怒れなくなっちゃうじゃん。

もうすぐ草原狼《プレアリーウルフ》のテリトリーに入るというタイミングで、一体のスライムが近づいてきた。

「どうしたの？」

スライムがぷるぷるしながら『わたしたち、ここまでね。こわいから』と伝えてくる。

さすがにスライムに草原狼《プレアリーウルフ》の相手は荷が重いみたい。むしろ今までよく付き合ってくれたよ。フレンドでもないのに。

「そっか。これまでありがとう。助かったよ」

手をふりふり。スライムも体の一部を伸ばして振り返してくれた。

「律儀《りちぎ》……」

「確かに、モンスターって頭いいんだね」

そのわりに、跳兎《ジャンプラビ》は無鉄砲《むてっぽう》に戦いに来ていたような？　スライムだけが特別なのかな。

カミラが言うには、スライムの態度も奇妙らしい。普通は否応なしに襲ってくるんだって。

僕に対してのこれは、きっとスライムと仲がいいからこそだ。

それにしても、スライム防御壁を失って草原狼《プレアリーウルフ》に挑むとか、負け確では？　ほんと、カミラ頼りにしてるぞぉ！

そして、ついに草原狼《プレアリーウルフ》がいるエリアに着いた。

木の陰から僕たちを睨む金色の眼差し。深緑色《ふかみどりいろ》の体毛が、四肢を動かす度に美しく輝く。

筋肉で覆《おお》われた立派な体格だ。

「――これが草原狼《プレアリーウルフ》。草原の覇者《はしゃ》……」

思わず呟いた僕を、カミラがちらりと見下ろす。

「凄そうに言ってるけど、あれ、私ならワンパン」

「でしょうね！」

緊張感を漂わせてみたけど、Cランクのカミラにとっては楽勝な相手だって、なんとなくわかってた。じゃなきゃ、初心者の指南役なんてできないもんね。

「問題なのは、あれが仲間を呼ぶこと」

「仲間？」

「遠吠えしたら注意。次々に草原狼《プレアリーウルフ》が集まってくる」

「それはキツイ」

狼《おおかみ》に囲まれてる僕って、傍《はた》から見たら普通に弱肉強食を象徴した光景だと思う。

だって、うさぎと狼だよ？　絶対うさぎが負けるじゃん！

「――うわ～ん、食べられたくないよ～」

「負けることはあっても、食べられることはない。死に戻りするだけ」

「だけじゃないよ。怖いよ」

「旅人《プレイヤー》は死に戻り無限保証があるって聞いた。でも、所持金・アイテム半減と一時間ステータス低下は、確かに怖い」

「そういう問題じゃなーい！」

それも怖いけどね！　集めた薬草がなくなったら嫌だなー。

「あ、来た。モモがうるさいから」

「最初からロックオンされてましたけど？」

僕がうるさいせいにしないでよね。

近づいてくる草原狼《プレアリーウルフ》から目を逸らさない。逸らした瞬間に飛びかかって来そうで怖いんだもん。

「モモ、攻撃受けるチャンス」

「言い方軽いっ！」

すっごく嫌です。でも、これもバトルに慣れるためだから。

僕は、自分の防御力を信じる……！

「――よっしゃ、どこからでもかかってこい！」

「ワオーンッ‼」

「やっぱこわいーーっ！」

思わず逃げちゃった。草原狼《プレアリーウルフ》が牙を剥《む》き出《だ》しにして迫ってくるんだもん。ドンと構えてられるわけなくない？

僕はそのまま走り回る。さっき素早さ上げてよかったー！　でも、ちょっとずつ距離が縮まってる気がするのはなんで？　草原狼《プレアリーウルフ》さん、速すぎやしませんか？

「とても野生的な狩りの光景」

「そんな観察してる余裕、どっかに投げて！」

必死に逃げてる僕を眺めてるカミラが視界に入り、思わず叫ぶ。早く助けてよー！

「でも、攻撃受けるチャンス」

「あ、そうだった……」

一回攻撃されないと、ここまで来た意味がない。うぅ、がんばろう……

諦めて足を止める。心臓がドクドクと早鐘《はやがね》を打ってるのは、走ったからなのか、怯えた心を奮《ふる》い立《た》たせてるからなのか。どちらにしても、もう後戻りはできない。

草原狼《プレアリーウルフ》が迫ってくる。覚悟を決めて、だけど牙で噛まれるのだけは回避しようと、攻撃を見定める。あと、すぐに攻撃に転じられるように魔術の発動準備。

——いざ、勝負だ、犬っころめ！

真正面に大きな口が迫ってきたけど、目は閉じなかった。僕の覚悟を見せてやる。

「ガウッ！」

「ほぎゃーっ……ぁ、う？」

噛みつかれるのは回避できた。奇跡みたいな反射神経。僕、こんな動きできたんだね。

代わりに、勢いよく横から吹っ飛ばされて宙《ちゅう》を飛んだ。でも——？

「あんまり、痛くない。というか、ダメージが2だけ……」

減った体力がみるみる内に回復して全快になる。自動回復スキルに大感謝。でも一番感謝すべきなのは、たぶん防御力の恩恵だ。防御力激高種族ありがとう！

木に衝突する前に飛翔《フライ》を発動。へへっ、宙を泳いで勢いを殺すことに成功だ！　我ながら最良の判断だった。

木に足をついて、再び飛翔《フライ》を発動。宙から草原狼《プレアリーウルフ》を眺めるぞ。届かないだろー、ふふん。

「ヴヴッ」

「めっちゃ唸《うな》ってるじゃん（笑）」

「急にナメてる」

カミラがなんか呆れてるけど、攻撃を受ける体験をしたら、もう草原狼《プレアリーウルフ》なんて怖くない。緑色のカッコいいだけの犬に見えてきた。

「これでもくらえー。ほにゃららこにゃらら――【火の玉《ファイアーボール》】！」

やっぱり呪文はどうにかなりませんかね？　ちょっと顔を顰めちゃったけど、魔術自体は草原狼《プレアリーウルフ》にしっかり当たった。「キャインッ」って鳴いてる。

ちょうど飛翔《フライ》の効果時間が切れそうだったから、地面におりて一旦仕切り直し――

「ッ、ワオオオォォオン」

「うるさっ!?」

「仲間呼ばれた」

カミラが教えてくれる。

これが遠吠えってやつか。耳が壊れるかと思った。聴覚鋭敏スキル使ってなくてよかったよ。

「というか、体力あんまり削れてなくない？」

「攻撃力足りなかった」

怒り狂ってる草原狼《プレアリーウルフ》の体力バーは一割削れたかどうかくらいしか減ってない。そんなぁ……

「それなら、学んだ知識を活《い》かすべし！」

僕は張り切って言う。各属性の魔術を順番に使ってみよう。

草原狼《プレアリーウルフ》も、属性でのダメージ量に変化はないらしいので、一通りボール系の魔術を投げてやるぞ。

「グルゥ……」

どんどん魔術を投げては飛翔《フライ》で逃げて、ノーダメージで一体倒した。消えていく草原狼《プレアリーウルフ》の姿に、達成感が湧き上がる。

「あれ？　アナウンス入らないなぁ。戦闘終了し——てないっ⁉」

不意に横手から突撃されてびっくり。

僕は目を大きく見開いたまま宙を飛ぶ。噛みつき攻撃じゃなくてよかったー。

飛翔《フライ》でさらに上昇しながら、周囲を見渡す。

……凄い数の草原狼《プレアリーウルフ》だ。十体以上はいるよね？　フルパーティ推奨の意味がわかったよ。

これ、無限に湧いてきちゃうの？

「ダメージはくらわなくても、倒すの大変……魔力が底をついちゃいそう……」

僕は宙に浮きながら呟く。やばーい。どうしよう？

飛翔《フライ》を使って攻撃を躱《かわ》しながら悩んでたら、カミラと目が合った。カミラは地面に向けて風魔術を使って、反動と風力で滞空してるみたい。それ、凄い技術だよね？

「もうサポート入る？」

「……お願いしまーす」

目的はもう達成したし。

遠慮なく言ったら、「じゃあ、滞空続けてて」と返された。カミラは何をするつもりだろう？

言われた通りに飛翔《フライ》を使いながら眺めること数秒。

「ふあっ⁉」

カミラの周囲が陽炎《かげろう》みたいに揺らいだ気がした。

……いや、あれは、空気が動いてるんじゃない。魔力が可視化されてるんだ。

「【火炎絨毯《イクスプロージョン》】」

炎が溢《あふ》れる。荒立つ波のように炎が草原を這い、草原狼《プレアリーウルフ》を一瞬で焼き滅ぼす。

まるで火山の噴火で生まれた溶岩のようだった。

「…………こっわ‼」

魔術ってこんなこともできるんだ？　いつか僕も使える日がくる……？

「終わった」

カミラがなんてことない顔で言う。

すべての草原狼《プレアリーウルフ》が倒された後には、あっさりと炎の絨毯《じゅうたん》が消えた。草原には焼《や》け跡《あと》一つない。

「お疲れさまです。リンゴでもどうですか？」

怖いし機嫌を損ねないようにしよー、と今さらなことを考えておもねってみた。でも、出したリンゴが食べかけのやつだったから慌てちゃう。

「ありがとう」

「あ、あ、いや……うん、喜んでくれるなら、いいんだよ……」

カミラが地味に嬉しそうにしてたから回収は諦めた。食べかけだけど、むしろ効果は上乗せされてるみたいだから、上手く使ってください。

草原狼《プレアリーウルフ》を十三体倒しました
経験値と【草原狼《プレアリーウルフ》の肉】×8、【草原狼《プレアリーウルフ》の皮】×5、【草原狼《プレアリーウルフ》の牙】×2を入手しました
種族レベルが7になりました。6SP《ステータスポイント》を獲得しました

【草原狼《プレアリーウルフ》の肉】レア度☆
筋肉質な肉。調理すると食べられる。歯ごたえがクセになるため、ファンが多い
【草原狼《プレアリーウルフ》の皮】レア度☆
鞣して革にするとアイテム作製に使える。魔術への耐性がある
【草原狼《プレアリーウルフ》の牙】レア度☆
尖った牙。草原狼《プレアリーウルフ》討伐の証。アイテム作製に使える。貫通力がある

なんかアイテムをたくさんもらえた。カミラが倒した分まで報酬を分けてくれてるっぽい。でも、それより嬉しいのは経験値だよ！

「レベルが二つも上がった！　カミラ様様だー！」

「モモの成長のために、これでよかったのか悩ましい」

カミラはちょっと眉を顰《ひそ》めてるけど、気にしないで。もっと強くなれるよう、これからは自分でがんばるからさ。

種族レベルが上がったため、種族固有スキル【天からの祝福《アンジュスレス》】を獲得しました
戦闘中の行動により、スキル【決死《けっし》の覚悟《かくご》】【見切《みき》り】を獲得しました

スキル【天からの祝福《アンジュブレス》】
自分と味方の体力を微回復《びかいふく》する。この効果は五分間続く

ほえ？　種族固有スキルって何？

——ヘルプを確認したら、種族レベルが上がることで覚えられるスキルと書いてあった。種族ごとに覚えられるスキルが異なるらしい。

天からの祝福《アンジュブレス》の効果も確認したけど……めちゃくちゃいいスキルだよね⁉　いつか誰かとパーティを組んだ時には、絶対役に立つはず。僕一人でも使えるし。

ルンルンしちゃうなー。天兎《アンジュラパ》って、ほんといい種族！

行動で覚えた【決死の覚悟】は『即死攻撃を受けても体力が1残る』効果、【見切り】は『攻撃を見切って回避しやすくなる』効果のスキルだって。即死攻撃なんてこわーい。そんな攻撃受けたくないよぉ。

それにしても、なんで決死の覚悟スキルをもらえたのかな。

「……草原狼《プレアリーウルフ》の攻撃を受けるために向き合ったから？」

それしかないよね。どうしようもなくて覚悟を決めたけど、スキルをもらえてお得だったかも。

「見切りスキルもありがたい。これから回避とか鍛えようと思ってたもん」


火魔術がレベル2になり、【火の矢《ファイアーアロー》】を覚えました。【飛翔《フライ》】がレベル2になり、滞空可能時間が十五秒になりました

次々くる！　それだけ草原狼《プレアリーウルフ》が強敵だったたってこと？　確かに僕は一体倒すだけで精いっぱいだったなぁ。初心者の最初の難関なのかも。

【火の矢《ファイアーアロー》】の効果は『火でできた矢が相手に降り注ぐ。同時に三体を攻撃できる』だって。複数体を一度で攻撃できるのは強い！

飛翔《フライ》のレベルアップも効果の変化が地味だけどありがたい。効果が切れそうになる度に、一回着地してかけ直すの大変だし。

「モモ。戦闘指南は終わりでいい？」

「うん、ありがとう。凄く助かりました」

ペコリ、と頭を下げる。

本当にお世話になりました。できたらこれからも仲良くしてほしいなー？

ちょっと窺う感じでカミラを見ると、苦笑いされた。

「聞きたいことがあったら声をかけて。しばらくはあの街を拠点にしてる」

フレンドにはなれないみたい。まだ交流が足りないのかも。残念だけど、今後の楽しみにしよ。

「わかったよ。また会えるのを楽しみにしてるね！」

そう答えたところで、目の前がグワッと歪む感覚があった。


チュートリアルを終了し、冒険者ギルドに転移します

気づいたら冒険者ギルドの中。たくさんの人がいてうるさい。カミラは……いないな。しょんぼり。もっとちゃんとお別れしたかった。

「終わりが唐突すぎる……」

ぽつん、と突っ立っていたら、誰かに蹴《け》られた。痛くないけど、衝撃で前に転がっちゃう。

「あ？　今、なんか……？」

「こんにゃろー！　蹴りやがったなー！」

首を傾げて歩き去っていくプレイヤーの後ろ姿に向かって叫ぶ。その声すら周囲の音にかき消されちゃった。

……ここ、フィールドより危険。そろそろ宿探しに行こう。ログアウトの準備をしないと。

混雑した中をなんとか潜り抜け、冒険者ギルドの外に出る。ここも人が多いから即退散。

みんなパーティ募集を張り切ってる。僕もいつかはパーティを組みたいけど、今は自分の能力把握が優先だ。

マップにあった宿を探して、一人でトテトテと歩く。

向かってる宿は、アリスちゃんがくれた地図にしか載ってないから穴場だと思う。普通の宿はもうほとんど埋まってそうだもん。

「あった！　可愛い宿だなー」

大通りから外れたとこにあった宿は、屋根の形とかが丸っこくて可愛らしい。

中の受付にいたのは、十代に見える女の子。高いところで結んだポニーテールが、溌剌《はつらつ》とした印象だ。

「こんにちはー」

「えっ……もしかして旅人《プレイヤー》さん？」

「うん。さっき冒険者になったけど」

「まさかここに来るなんてびっくり。人じゃないお客様なんて迎えたことないよ」

マジマジと見つめられる。僕は見た目がモンスターだし、驚かれるのは当然。ここ、基本的にはプレイヤーが入れないエリアみたいだし。

「誰に聞いてきたの？」

「薬屋さんとこのアリスちゃんだよー」

「ああ、そうなんだ！」

ちょっと表情が緩《ゆる》んだ。知り合いかな？

「——あたし、ジルよ。母がここの女将《おかみ》をしてるの。今日はたまたま受付を手伝ってるのよ。アリスは従姉妹《いとこ》なの」

「そうなんだ！　言われてみたら似てるかも？　僕はモモだよ。部屋は空《あ》いてる？」

「ええ。部屋の大きさは……一番狭いとこにする？」

「お安い？」

「街一番の安さよ」

こっちから要求しなくても提案してくれるとは、良心的！　僕のサイズだったら、大きな部屋は無駄だもん。

「おいくらですか？」

「一泊食事なしで百リョウよ。長く滞在する時は事前にまとめてお金を払ってね。事情があれば後払いもオッケーよ」

「はーい。とりあえず一泊」

百リョウを渡す。代わりに鍵をもらった。

「部屋は二階に上がって一番奥よ」

「ありがとー」

そのまま階段に向かおうと思ったけど、ジルの目がキラキラしてることに気づいて立ち止まった。

どうしたのかな？

「失礼を承知で聞くんだけど……撫でてもいい？」

「あ、なるほど」

ジルはもふもふ好き、いわゆるモフラーでしたか。僕、魅力的なもふもふだもんね！

「ダメならそう言って！」

「ううん、いいよー」

答えた途端、ジルは「きゃー」と歓声を上げて僕に抱きついてきた。

あの……撫でるんじゃなかった？　ここまでとは聞いてない！

……まぁ、もふもふをぎゅっとしたい気持ちはわかるからいいけど。

ジルに心ゆくまでもふもふされて、解放された。

その後、ちょっぴりヘトヘトな感じで部屋に到着。ジルが言う通り、狭い。小さめのベッドとテーブルで部屋がいっぱいになってる。でも僕にはちょうどいい。

「よいしょ、と」

ベッドに乗ってゴロゴロ。なかなかいい寝心地。このままログアウト——の前にステータスを確認しよう。

「ステータスかもーん」

言わなくてもいいんだけど、気分です。ＳＰ《ステータスポイント》を割り振らなきゃ。

ステータスの表示を見ながら悩む。

「んー、草原狼《プレアリーウルフ》戦では攻撃力が足りなかったんだよなぁ」

ダメージはほとんどくらわなかったけど、倒すのが大変だったのは苦い記憶。何発魔術を放ったかなぁ。

草原狼《プレアリーウルフ》と戦うとなると、仲間を呼ばれるよりも早く倒しきるのが重要だと思う。そのためには攻撃力を上げるべきだろうな。今後さらに強い敵も出てくるだろうし。

「――よし。魔力攻撃力に全振りしちゃおう！」

というわけで、操作後のステータスはこうなった。

種族：天兎《アンジュラパ》（7）　職業：魔術士（3）、錬金術士（1）

【ステータス】
体力：27　魔力：47　物理攻撃力：10　魔力攻撃力：20（6UP）
防御力：30　器用さ：13　精神力：14　素早さ：15　幸運値：17

ふはは、たぶん強くなったぞー！

こうなると、バトルして確かめたくなるなぁ。ゲーム始める前は、あまりバトルに乗り気じゃなかったのに。

また東の草原に行っちゃう？　でも、プレイヤー多そう。モンスターの取り合いになるかも。

それに、僕が敵に間違えられたら面倒くさい。冒険者ギルドで蹴られてわかったけど、プレイヤーからの攻撃はダメージを負わなくても、衝撃はあるみたいだし。

「あ、薬草納品しないと……」

冒険者ギルドから出されてる依頼を確認するついでにミッションも見てたら、チェーンミッションの存在を思い出した。ランドさんに薬草を納品するやつ。

アイテムボックスには百以上の薬草がある。これは早めに渡すべきだよね。そうしたら、ランドさんも回復薬の販売を再開できるもん。それに、チェーンミッションの続きが気になる。

「――うん。行こう」

さっき別れたばっかりじゃん、って言われるかな。どんな反応されるか楽しみ！

受付にいたジルに、「アリスちゃんのお店に出かけてくるよー」と言うと、不思議そうな顔をされた。

「今日の薬屋さんは、もう閉まっているみたいよ？　アリスと遊ぶために行くの？」

「ううん。ランドさんに頼まれてたことがあったから、その報告に行くんだ。薬草の納品！」

「ああ……モモは冒険者だったね」

これ、忘れられてた感じだね？　さっき教えたばっかりなのにぃ。

僕の見た目が可愛いから冒険者っぽくないのかな……それなら忘れてても許そう。可愛いは正義だからね！

「――冒険者さんに、私からもお願いしていい？」

「え、なに？」

「宿の隣で父が酒場をしてるんだけど、お肉が足りないらしいの。何かお肉を納品してくれない？」

「酒場さんやってるのかー。お肉はたくさんあるからいいよ！」

「ありがとう！　父に言っておくから、直接納品してあげて。普段より高値で買い取ってくれるはずよ」

ジルがにこにこ笑う。僕もにこにこ。

ジルパパは必要なお肉を手に入れられて、僕は相場より高値で売れる。これぞＷｉｎ－Ｗｉｎ！

「じゃあ、アリスちゃんのとこ行ってから酒場に寄るね」

「うん、よろしく！」

では出発――と思ったら、アナウンスがあった。


シークレットミッション【酔《よ》いどれ酒場《さかば》の危機を救え】が開始しました

やっぱりミッションだった。それにしても、これもシークレット？　ここが、普通なら立ち入れないエリアだからかな。

「……酔いどれ酒場、もの凄く惹かれる響き」

ゲーム内での飲酒ってできるんだっけ？　お酒ってどんな味かな？　おつまみも食べてみたい。

「――夜ご飯は酒場飯で決定！　そのためにも、お金を稼ぐぞー」

宿泊料でちょっと使っちゃったし、所持金を増やさねば。

というわけでやって来ました、本日二度目のアリスちゃんちの薬屋。正式な店名は【戦《たたか》う薬屋《くすりや》】らしい。

……誰が戦うの？　ランドさんが戦うって言われても信じちゃうよ。だってあの人、僕にダメージを与えられる人だもん。絶対強いでしょ。

そうなると、自分で薬草採集に行けばいいってことになると思うんだけど。

表の出入り口は相変わらず閉まってたので、また裏口から失礼しまーす。

トントンとノックしたら、ランドさんが開けてくれた。

「お、来たのか」

「ども。薬草の納品に来たよ」

予想通り「早いな」と驚かれた。すぐに中に招《まね》かれて、調薬室《ちょうやくしつ》ってところに案内される。

「そこにある大きなテーブルに出してくれ」だって。

アイテムボックスから薬草を取り出す。品質は低・普通がほとんど。ちょっとだけ高品質もある。

もっと採ってきた方がよかったかな？

「随分とたくさん採ってきたな」

「こんなにいらなかった？」

「いや、すぐ使うからありがたい」

ニヤッと笑うランドさんはご満悦《まんえつ》そう。

「最低品質が一つもない。採集が上手いんだな」と感心されたけど、すべてスキルのおかげです。

「――一束《ひとたば》あたり、低品質が五十リョウ、普通品質が七十リョウ、高品質が百リョウでどうだ？」

「相場がわかんないんだけど、高くしてくれてるんだよね？」

「一割増しくらいにしてる」

なるほど。微々《びび》たる割増《わりま》しであっても、塵《ちり》も積もれば山となるで、結構利益が大きくなりそう。

数はそれなりにあるから。

「うん、それでいいよ！」

「ありがとな！　全部で六千七百リョウだ」

「おお、大金だ！」

初期の所持金が千リョウだったんだから、凄い大金持ちになった気分。

宿の一泊の料金（百リョウ）を考えたら、薬草ってお高いよね。ゲームシステム的には順当なんだろうけど。これ、武器とかもお高い感じかな？　初期の武器以外も欲しいよー。


チェーンミッション３【ランドからの薬草採集の依頼】をクリアしました

あ、ミッションをクリアした。追加報酬はなしかー。そんなもんだよね。お金だけで十分。

「――この辺でいい武器屋さんとか防具屋さんってある？」

「早速装備に使うのか。冒険者としてやってくなら、装備をケチったらダメだからな。いいところを教えてやろう。定住者以外は紹介状なしだと行けない場所なんだが――」

ランドさんがお店を教えてくれた。これも、普通は立ち入れないエリアにあるみたい。

アリスちゃんの地図に情報がなかったのは、子どもが行くところじゃないからかな。

「ありがとう。行ってくるね」

「待て待て、そう焦《あせ》るな」

早速教えてもらったところに行こうと思ったら、引き止められてしまった。

「なぁに？」

「採集してきてくれた薬草の質がよかったし、これからも納品を継続してほしい。暫《しばら》くは回復薬の需要が高そうだから、今回と同じ価格で買い取るぞ」

めっちゃいい条件だ。それに、ここでランドさんとの親交を深めるのはメリットがありそう。

「うーん……納品したら、調薬技術を教えてくれる？」

ちょっと渋《しぶ》ってる感じを装《よそお》って交渉してみる。ダメならダメで出直すけど、あわよくば、ね。

「調薬か……モモは薬士じゃないだろう？」

「うん。でも、錬金術士だから、オールマイティーに生産できるって聞いたよ」

「ああ、それはそうなんだが。たぶん錬金術のスキルを上げてからじゃないと、俺から調薬を学んでも身にならないと思う」

本職の技術を高めないと応用に進めないみたい。それなら、まずは基本の錬金術を使ってみよう。

「――モモにやる気があるなら、知り合いの錬金術士を紹介しようか？　あいつ、紹介状なしには弟子《でし》をとらない主義だから、今もまだ暇だろ」

「え、ほんと!?　凄くありがたいよ！　じゃあ、薬草納品依頼を受けるね」

やったー！　と僕が飛び上がって喜んでたら、ランドさんが微笑《ほほえ》ましげな表情になった。

装備のお店と錬金術士さんへの紹介状を書いてもらう。錬金術士さんもシークレットエリアに住んでる人らしい。

チェーンミッション４【ランドへの薬草の継続納品】が開始しました

ミッションの続きがきた。継続納品かー。これ、終わりがあるのかな？

そんなことを考えながらランドさんと別れ、薬屋を出たところで今からすることを整理する。

一つ目は装備屋さんで武器や防具を探す。二つ目は【酔いどれ酒場】に肉の納品をする。三つ目は錬金術士に弟子入りする。大まかにはこの三つだ。

納品依頼を受けてるからまた薬草採集に行きたいし、ステータス向上の効果を見るためにもバトルしたいなって気持ちもある。

「錬金術士への弟子入りは時間がかかりそうだし、後回しかな」

一回ログアウトした後にしよう。行ったら、チェーンミッションが始まる可能性あるし。

――というわけで、まず行くのは装備屋さんです！

ランドさんに教えてもらった装備屋の位置は、即座にマップに反映されてた。てくてく歩いて向かう。途中飛翔《フライ》を使って楽したけど、スキルのレベル上げも兼ねてるんだよ。

「お、ここかー」

見つけたのは大通りからだいぶ裏に入ったところにあるお店。地元の人しか来ないんだろうなーって場所だ。

シークレットエリアを進む最大のメリットは、たくさんのプレイヤーたちに煩わされないことだ。フレンドを作りたい気持ちもあるけど、今は面倒くささが勝ってる。冒険者ギルドで蹴られたのがトラウマになってるかも。

「こんにちはー」

装備屋さんの扉を開けて中に入る。店内にいたのはドワーフっぽい人だった。低身長で筋骨《きんこつ》隆々《りゅうりゅう》。見るからに強そうだけど、生産特化なのかな？

「なんとも面妖《めんよう》な客が来たな」

「面妖って言われたの初めてだ……」

僕の見た目はモンスターだから間違ってない評価だけど、可愛いとは思わないの？ ちょっぴり不満に思いつつ首を傾げた。店内は商品がなくてガランとしてる。

「——武器とかはどこに？」

「ここは客に合ったものを見せるのがルールじゃ。量産品が欲しけりゃ、表通りの店に行きな」

「そういうことか。とりあえず見せてもらいたいなー。お金に限りがあるから、買えるかはわかんないんだけど」

とりあえず店主がいるカウンターに近づく。僕と同じで低めの身長だから、視線が合いやすくて嬉しい。僕、高いところから見下ろされてばっかりなんだもん。

「紹介状がねぇと、ダメだ」

「これでいい？」

ランドさんに書いてもらった紹介状を渡す。それを確認した店主は静かに頷いた。

「おめぇ、ランドの知り合いか。それなら見せてやらんとな――ワシはここの店主ドワッジだ。ドワーフで鍛冶をしてる。うちには木工士と裁縫士もいるから、武器・防具全般を見せられるぞ」

「やった！　どっちも見たいな。ドワッジさん、よろしくー」

ドワッジさんは無言で頷いて、僕を上から下まで眺めた後、店の奥に消えていった。

なんか職人肌《しょくにんはだ》って感じ。期待できるなー。


カウンター傍の椅子に座って待つことしばし。

戻ってきたドワッジさんがカウンターに商品を並べ始めた。

「おめぇは魔術士のようだから、武器として杖を三種類持ってきた。それと、人間用の防具は着られないだろうから、アクセサリーを防具代わりに使うといい。これは四種類ある」

やっぱり人間とは装備できるものが違うのか。初期装備の服をもらえてなかったから、なんとなくわかってたけど。これは、装備できるものを探すの苦労しそう。

そんなことを考えながら、商品を観察。初めて全鑑定のスキルが役に立つ。

――これまで存在を忘れてたとか、そんなことはないんだよ（……嘘です。ど忘れしてました）

「杖は【火《ひ》の杖《つえ》】【水《みず》の杖《つえ》】【天《てん》の杖《つえ》】かぁ」

それぞれ杖の先端に赤い石、青い石、無色透明の石がついてる。火魔石《ひませき》、水魔石《みずませき》、光魔石《ひかりませき》だって。

魔石ってこういう感じに使えるのか。

【火の杖】
火魔術の効果増大。魔力攻撃力＋4

【水の杖】
水魔術の効果増大。魔力攻撃力＋4

【天の杖】
バフ・デバフ・回復系のスキルの効果が増大。魔力攻撃力＋3、精神力＋2

どれも便利そう。たぶん僕のスキルの中で、火魔術と水魔術の熟練度が高いんだろうな。

あと、天からの祝福《アンジュブレス》スキルの影響で、天の杖が提示されたのかも。

「ちなみにおいくら？」

「火と水は三千リョウ、天は五千リョウじゃ」

「……高い」

さすが武器。いいお値段するね！

薬草採集で稼げる値段だけども……まだ即決で払える余裕はない。アクセサリーも欲しいし。

「これはレベル20まで使える武器じゃや。初心者の装備としてはいいもんじゃぞ」

長く使えるってことかぁ。このゲーム、種族レベルで装備できるものが変わるらしい。初期装備はレベル10までしか使えないんだって。

「――しかも、使い終えた後も、アイテムを積み増して作り変えたら、その先のレベルまで使える可能性があるんじゃや」

「それ、新しく買うよりお安くなるってこと？」

「必要な材料を持ち込んだら、相当安くなる。作り変えに失敗したら、追加の材料も含めてゴミになるがな」

……リスクはあるけど、お得な気がする。

制限レベルまで武器を使ったら、あとは売りに出すしかないもんな。しかも、その時には低レベル用の武器を使うプレイヤーが減ってて、安くしても売れない可能性あるし。

高レベル用の武器は高値になりそうだから、自分で材料をとってきて、元の武器をバージョンアップしてもらえたら最高だ。

「……そうなると、長く使えそうな武器がいいな」

魔術は特定の属性を特化させる予定はまだないし、珍しい感じの【天の杖】に一番惹かれる。

でも、五千リョウかー。所持金の大半が吹っ飛んじゃうよ。

「――先にアクセサリーを確認しとこ」

「おめぇは人間より装備できるアクセサリー数が多いようだから、組み合わせて選ぶといいぞ」

「そうなんだ？」

ドワッジさんが言うには、低レベルの人系種族が装備できるアクセサリーは一つだけらしい。

それに対して僕は五か所に装備できる。ヘッドドレスとイヤリング、ネックレス、ブレスレット、アンクレットだ。普通の服を着られないから、アクセサリーで帳尻《ちょうじり》をあわせてるんだろう。

モンスター種族は服を着ても、装備としてあまり有効じゃないかも、ってドワッジさんが言ってた。それは残念だけど、いい効果のアクセサリーを集めるようにすればいっか。

今回ドワッジさんに提示されたアクセサリーは四つで、それぞれの効果はこんな感じだ。

【花冠《はなかんむり》】
ヘッドドレス。花で編まれた冠。木属性の攻撃で受けるダメージ量が減少する
防御力＋3
【爽風《そうふう》の耳飾《みみかざ》り】
風魔石がついたイヤリング。風属性の攻撃で受けるダメージ量が減少する
素早さ＋4
【黄色《きいろ》のスカーフ】
土属性が付与された布で作られている。どの部位にも装備可能
土属性の攻撃で受けるダメージ量が減少する。精神力＋4

【対衝撃用《たいしょうげきよう》アンクレット】
無骨《ぶこつ》な黒鉄《くろがね》でつくられたアンクレット。物理攻撃で受けるダメージ量が減少する
攻撃を受けても後退しにくくなる。防御力＋5

「――めっちゃ、【対衝撃用アンクレット】に惹かれる！」

これがあれば、プレイヤーにぶつかられてもふっ飛ばされる確率下がりそう。

草原狼《プレアリーウルフ》戦では、飛ばされるのも役に立ったけど。

「ワシが作ったやつじゃな。二千リョウじゃぞ」

「うぅ……武器もアクセサリーも欲しい……」

僕の現所持金は七千六百リョウだから買えるんだよなー。ほぼなくなるけど！

この後、お肉を納品してお金が入ることを考えたら、買っておいてもよさそう？

……いつ買えなくなるかわかんないもんね。人生は一期一会《いちごいちえ》。買いたいと思った時が買い時なんだ！

「――決めた。【天の杖】と【対衝撃用アンクレット】ちょうだい！」

「ほらよ。アンクレットの見た目を変更したかったら千リョウで請《う》け負《お》う。あまり大きな変更はできねぇがな。錬金術士なら自力でもできるようになるだろう」

お？　錬金術士って、そういうことも可能なのか。

確かに無骨な見た目だし、気が向いたら変えてみようかな。

「わかった。でも、今はお金ないし、このままでいいや。いい武器とアクセサリー、ありがとう！」

見習い魔術士の杖をしまって、買ったばかりの天の杖を持つ。アクセサリーもつけて、なんか安定感が増したような気がする。気のせいかもだけど。

他のアクセサリーは別の機会にしよう。

着々と冒険者としての準備が整っていくー。次のバトルが楽しみ！

買った天の杖は人用のサイズで結構大きかった。これまで持ってた見習い魔術士の杖は手首を使って振れるサイズだったけど、今回のは腕全体を使って動かさないといけない。

「登山用の杖によさそう……？」

そんな予定はないけどね。

サイズ調整も錬金術士のスキルでできるようになるらしいので、自分でがんばってみようかな。

このままでも大魔法使いって感じでいいけど、ちょっと邪魔だもん。

ドワッジさんが杖を背負《せお》うベルトをサービスしてくれたから、杖を背中に斜めがけする。

街中《まちなか》で攻撃用の魔術は使えないから問題なし。他のスキルは杖がなくても発動できるし。

「それよりも大きな問題は金策《きんさく》だ」

装備屋さんを出てからトテトテ歩く。

視界の端に見えてる所持金額はたった六百リョウ。ついさっきまでは薬草で大金持ちだったのに。

「これからお肉を売りに行くとして、明日からはどう稼ぐかなー？」

たぶん酒場のご飯代くらいはお肉を売ったらもらえると思う。でも、冒険用に回復薬とか買いたいし――

「あ、そもそも回復薬売ってないのかも？」

はじまりの街にいくつ薬屋があるか知らないけど、ランドさんのところだけが売り切れ状態なはずがない。つまり、お金があっても回復薬を買えない……!?

「――これは、錬金術士に弟子入りして、自力生産すべきか」

僕は防御力が高いし、体力自動回復スキルがあるとはいえ、回復薬をほとんど持たずにバトルするのは怖い。明日は弟子入りしよう。

早くバトルして能力とか装備とかの効果を確かめたかったんだけど、しばらくお預けかな。

「おっ？」

無意識に足を動かし続けていたら表通りに出た。ちょっと人が少なくなった気がする。

もしかして、みんな東の草原でバトル中だったりする？　それ、モンスターよりプレイヤーの方が多くなるんじゃない？

蹂躙《じゅうりん》されるモンスターのことを考えると、なんだかしょっぱい気分になる。特にスライムたちとは仲良くなったから、もう会えないかもしれないと思うと悲しい。個体の区別はできないけど。

「――まぁ、街中を歩けるようになったのはいいことだよね」

気を取り直して、表通りを堂々と歩く。

ようやく本来の街並みを楽しめるよ。これまでずっと脇道を通ってたようなものだから。歩いてると空からとはまた違った景色に見える。

「あ、あれ、たぶんキャラクリで希少種を選んだ人じゃない？」

「ガチャのか。最初っからゲーム満喫《まんきつ》してるなぁ」

なんかプレイヤーに指差されました。女の子と男の子かな。

このゲーム、性別も自由に選べるから、実際がどうかはわからないけど。

女の子は金髪のツインテール。男の子は銀髪のウルフヘア。目に眩《まぶ》しいコンビだ。

僕も観察し返しながら、ちょっと手を振ってみる。そろそろプレイヤーとも仲良くなりたい。

「ふあっ、かわいい……！」

「おい、見た目に誤魔化《ごまか》されるな。中身おじさんかもしれねぇぞ」

「そうだった！」

失礼だな……中身は想像にお任せします。女の子は素直で可愛い感じだけど、男の子は冷めてるなぁ。もしかして、女の子の関心を奪われて嫉妬《しっと》してる？　僕って罪作りな生き物！

「僕、モモって言うんだ。二人は？」

道の端にいた二人に近づき声をかける。

男の子よ、そんな怪しいやつ見る目をしないで。ガラスの心が傷つくよ。

「私は璃里香《りりか》だよ。こっちは悟《さとる》」

「おい、それ本名」

「あっ、しまった、今の忘れて！」

顔を赤くして慌てる女の子を、男の子が呆れた感じで見てる。

でも、僕にはわかるぞ。絶対に心の中では『可愛いな』って思ってるでしょ。

くー、甘い！　青春だねー……こういう反応したらおじさんって言われるかも。言っておくけど、雰囲気的に二人と大して変わらない年齢だと思うよ！　むしろ、僕の方が年下かも。

「聞こえてなかったよー」

僕は二人を安心させるためにそう言う。

「優しいうさぎさんだぁ」

「おい、だから、見た目に騙《だま》されるなって……」

「でも、絶対このうさぎさん、悪いうさぎさんじゃないよ」

僕、見た目はこんなだけど、中身人間だよ？

男の子が警戒心強い理由がわかった。この女の子、天然で騙されやすいタイプだ！

「そろそろ名前を呼びたいから、プレイヤー名教えてくれない？」

「あ、私はリリ。こっちのぶっきらぼうなのがルトだよ」

僕が尋ねるとリリが答えてくれた。

ルト、ぶっきらぼうとか言われちゃってますやん。さてはリリ、あまりに注意されるから鬱陶《うっとう》しくなってるね？　でも、リリのためを考えて言ってるんだと思うから、優しくしてあげて。

「……よろしく」

ルトが仕方なさそうに言う。

「確かにぶっきらぼう――あ、つい言葉にしちゃった」

軽く睨まれました。正直な感想なので謝《あやま》れない。えへへー、と笑って誤魔化したら、ルトに「ぶりっ子か」と言われた。ムカッ。キャラに成りきってると言ってほしいな。

「モモ、よろしくね。というわけで、フレンド登録しよう！」

「コミュ力おばけ……」

「間違ってねぇな」

にこにこと無邪気な笑みを浮かべるリリに驚く。僕、ここまですぐに距離を縮《ちぢ》めるのは無理かも。

ルトと共感し合って、ちょっと仲良くなれた気がする。とりあえずフレンド登録しよ～。

プレイヤー同士だと、ギルドカードの裏にあるコードを見せ合って、登録申請をするらしい。他人から不躾《ぶしつけ》に登録申請がこないように、わざと手間を取らせてるんだって。

「私は治癒士と裁縫士で、ルトは剣士と鍛冶士なの。モモは？」

「魔術士と錬金術士だよ」

「あ、錬金術士って、このゲームが本格的にサービス開始された時に追加されたってやつだよね。作るアイテムの品質が下がるらしいけど、実際どうなの？」

リリに興味津々《きょうみしんしん》な感じで聞かれた。そこ気になるよね。

「まだ生産活動してないから、わからないんだよー」

「そうなんだ。私たち、バトルのチュートリアルをした後、すぐに試してみたんだよ。びっくりするくらい簡単に作れて楽しかったー」

生産作業の話をしてるリリは本当に楽しそう。僕の返事にガッカリした感じも見せなくていい子だ。

……なんか、ルトに軽く睨まれた気がする。思考を読むスキルとかないよね？

「そっかー。僕は明日から錬金術士に弟子入りするつもり。リリの話で、生産職も楽しみになったよ」

そう言ってみたら、リリとルトはちょっと驚いた顔をした。どうしたんだろう？

「もう弟子入りのミッション始まってんのか？　ベータ版経験者？」

ルトが言う。

ベータ版っていうのは、ゲームが正式にリリースされる前にユーザーにテストプレイしてもらうためのサンプルのことだ。ベータ版経験者はテストプレイした際の情報をたくさん持ってるから、正式版でのミッションを進めやすいらしい。僕はベータ版を経験したくて申し込んだけど、抽選で落ちちゃったんだよねぇ。今、正式版を楽しめてるからいいけど。

「違うよ。冒険者になる前に、脇道に逸れて楽しんでたらいつの間にか――」

これまでの流れを軽く説明する。リリは素直に感心して笑ってるけど、ルトは呆れた感じかな。

僕にとっては楽しい時間だったんだけどねぇ。

「……ここまで最初から本筋を逸れてるやつ初めて見た」

そんなことを言うルトに、リリがニコッと微笑む。

「いいじゃん。女の子の困りごと解決してあげるとか優しいと思うよ？　それにシークレットエリアに入れるのは、大きなメリットだと思う。私もそのミッションやってみようかな」

「確かにありだな。ただ、はじまりの街でそんなに時間使うのはなぁ」

乗り気なリリと躊躇《ためら》ってるルトを、僕は交互に眺めた。

このゲームってバトル三昧《ざんまい》で攻略重視な人も多いのかな。僕はバトル以外も自由に楽しまないともったいない気がするけど。

「……同じとこでミッション発生するとは限らないよ？」

僕がそう言うと、リリが少し残念そうな顔になる。

「そっか。アリスちゃんを探すところから、ってなると時間がかかりそうだね」

「俺はそれより、早くレベリングしたい」

ここぞとばかりに主張するルトに、リリも頷いてる。

二人でパーティ組むのは決まってるんだね。仲良さそうだし、下手《へた》にリリが知らない人と一緒になるとルトが苦労しそうだから、それも当然かも。

ちなみに、レベリングっていうのは、レベルを上げるために敵を倒して経験値を稼ぐこと。

「モモも、タイミングがあったら一緒にパーティ組んでバトルしに行こう？」

リリが誘ってくれた。一緒に行けたら楽しそう。

「うん、ぜひ！　あと、生産品とか、お互い融通《ゆうずう》できたらいいなー、なんて……」

図々《ずうずう》しいかな、って思ったけど、リリが「もちろん、いいよ！」と答えてくれたからホッとした。

ルトも「まぁ、それくらいなら」って頷いてるし。

「うさぎさんのお洋服作ってみたいなー」

「それはマジでお願いしたい」

つい真剣に答えちゃった。

希少種だと服はほとんど効果が出ないらしいけど、見た目を変えられるだけでも十分嬉しいから。

この姿、可愛いんだけど、たまにはイメチェンしたい。自分で作るのは、センスに自信がないんだよなー。

「ほんと？　余裕できたら作ってみるね！」

微笑みながらそう言ってくれるリリは、本当に素直で可愛くていい人です。拝《おが》んでもいいですか？

……ルトに冷たい目を向けられたから、実際にはしなかったけど。


リリとルトと別れて、宿のところまで帰ってきた。

「えっと、隣の酒場……」

宿の前を通り過ぎて発見。居酒屋とバーを混ぜた感じのお店。

扉には準備中って書かれてる。今は夕方頃だし、開店までまだ時間があるのかな。今日分のお肉が必要なんだったら、いいタイミング？

「こんにちはー」

カラン、と鳴る扉を押し開ける。鍵がかかってなくてよかった。

「うん？　……ああ、もしかして君は、ジルが肉の納品を頼んだっていう冒険者かい？」

「そうです。モモっていいます」

酒場の店主であるジルパパが予想より上品な感じだったから、つい丁寧に話してた。グラスを拭きながら静かに笑うの、大人の男って感じで憧れる。

僕が思い描いてた酒場の店主のイメージとは全然違った。お酒落《しゃれ》なバーとかイタリアンレストランで働いてる人っぽい。

「そんなに硬くならないでいいよ。僕はレスト。ここの店主さ。お肉の納品をしてもらえるのは、本当にありがたいんだよ」

ジルパパ改め、レストさんが作業をやめて微笑む。なんか色気のある人だなぁ。

気後《きおく》れしながら近づいたら、調理スペースに招かれた。ここにお肉を出してほしいんだって。調理スペースには料理人らしき人もいた。

「お、肉の到着か？」

「僕を食べるみたいに言わないでー」

ムッとしながら言い返したら、ガハハッと豪快に笑われた。これくらい粗雑な方が気楽かも。

「いい肉付きだと思ってな。わりぃ」

「本気で肉として観察されてた、だと……!?」

衝撃を受けてたら、さらに笑われた。

レストさんが「失礼な物言いはおやめなさい」と言いながら、勢いよく頭をひっぱたいてる。見かけによらず、バイオレンスですね？

「これは、この店のシェフなんだ。ガットという名だけど、覚える必要はないよ」

「は、はい……」

レストさんとガットさんのこの感じ、仲が良いからだよね？

さっきのリリとルトとは全然違ったタイプのコンビだなー。ちょっとびっくりしちゃう。

とりあえず、お肉出しておきますね。お金ちょうだい。

「随分とたくさんあるなぁ」

取り出したお肉の山に、ガットさんが驚いてる。僕も取り出しながら『こんなに倒したっけ？』ってちょっと引いた。スライムのおかげでたくさん狩れたんだよ。

「全部買取してくれるの？　色をつけてくれるって聞いたんだけど」

「うん。今日はこの街に旅人《プレイヤー》がたくさん来ただろう？　みんなが買い食いをするものだから、肉不足が深刻でね。明日以降は、彼らが狩ったお肉が街に出回ると思うんだけど」

レストさんが微笑みながら言った。なるほど、今回の依頼は単発ってことね。少し残念。

でも、色つけてくれるのは事実みたいだし、それには感謝しよう。

「そっか。全部買ってくれるならありがたいよ。今後は冒険者ギルドに買取に出せばいいし」

「いや、持ち込んでくれるならいくらかは買い取るよ？　冒険者ギルドに手数料をとられない分、高くしてあげられるし」

レストさんと見つめ合う。

「……わかった！　時間がある時は持ってくるね」

「今日みたいに準備中でも、営業中でも、いつでもいいよ」

契約成立の証に握手。

僕の手を軽く握った途端、レストさんが「ふわふわ……」と呟いて口元を緩ませてた。

もしや親子揃ってモフラー？　抱きつくのはノーセンキューね。あれは女の子限定です！　ジルの場合は不意打ちだったけど。

「草原狼《プレアリーウルフ》の肉もあるじゃねーか。これ、酒のつまみにいいんだよな。バトル初心者っていうか、小さいなりのくせに、強いんだな」

ガットさんが感心した様子で言う。でも、それ、ほぼカミラの功績なんだよなぁ。

「しばらく草原狼《プレアリーウルフ》のお肉の納品は無理だと思うよ。期待しないでね」

「そりゃ残念だ。だが、こんだけ跳兎《ジャンプラビ》の肉を売ってくれるのもありがたいぞ」

肩をすくめた後、ガットさんが肉を数えて計算する。

「──跳兎《ジャンプラビ》は一つ百リョウ、草原狼《プレアリーウルフ》が二百リョウ。全部で五千三百リョウってことでいいか？　ギルドでの買取より一割増だ」

「いいよー」と答えたら、レストさんがすぐにお金を用意してくれた。

シークレットミッション【酔いどれ酒場の危機を救え】をクリアしました
酒場から依頼が出されるようになります

ミッションもクリアできて嬉しい！　依頼ってどんなのかなー。

「確かに受け取りました。あ、そうだ。今夜はここのご飯食べられる？」

「いいぞ。すぐ食うなら、肉を焼くくらいしかできねぇが」

ガットさんがそう言うと、レストさんも頷いてくれた。リンゴ以外で初めてのご飯だ。楽しみー。

「お酒は飲んでもいいの？」

「そりゃー……」

「ダメだろうね。モモは年齢確認をしてないだろう？」

頷きそうだったガットさんの言葉を遮《さえぎ》って、レストさんが言う。

年齢確認ってなんだっけ……？　あ、そういえば、ゲームの設定にあったような。

初期設定は未成年ってことになってるのか。僕、まだ変更不可だ。お酒、飲んでみたかったなぁ。

「ノンアルコールのカクテルを作ってあげようか？」

「え、いいの⁉」

酒場の雰囲気を楽しみたい！　お願いしたら、レストさんが「モモをイメージして作ろう」って言ってくれた。ワクワク。

開店時間になってたから、酒場の店内に戻ってカウンターに座る。お客さんも来たみたい。

次第にざわめきが満ちる店内の雰囲気に、ついご機嫌に体が揺れちゃう。こういうところで食事をするのは初めてだ。冒険者ギルド周辺の騒がしさとは違って居心地がいい。

「おまたせ。桃のシロップを使ったノンアルコールカクテルだよ」

「美味しそう！」

大好物の桃だー。細いグラスの中には淡いピンク色のドリンク。もしかして桃の果肉も入ってる？　炭酸《たんさん》と一緒に桃の香りが弾けて、いいにおい！

一口飲んでみたら、甘いだけじゃなくてちょっぴり苦味もある。これ、グレープフルーツかな？　甘酸《あまず》っぱい感じはラズベリーとか？

「うまうま……」

厳密に言ったらジュースなんだろうけど、大人な雰囲気があって凄く美味しく感じる。

「喜んでもらえてよかったよ」

ちょっとずつ堪能《たんのう》する僕を眺めて、レストさんが微笑んでる。その背後からガットさんがやってきて、ご飯を出してくれた。

しっかり焼かれた跳兎《ジャンプラビ》のもも肉が、見るからにぷりっぷり。トマトソースがかけられてて、食欲をそそる……飲み物に合わない気がするけど、まぁいっか。いただきます！

「……うまっ！」

語彙力《ごいりょく》なくてごめん。でも、噛んだ瞬間に肉汁が溢れてきて、ちょっと酸味のあるソースと合わさって本当に美味しいんだ。付け合わせの野菜まで美味しい。

ゲームの中で食べるものってこんなに美味しいんだ！

「――食道楽《くいどうらく》に走っちゃいそう。自分でも作ってみたいなぁ」

「ふふ、それも楽しそうだね」

レストさんが笑ってる。本気にしてないな？

「料理人になるにはスキルが必要だぞ。俺が弟子にとってやってもいいが」

「え、本当に？　でも、生産職に料理人ってないはずだけど」

僕が首を傾げたら、レストさんとガットさんが視線を交《か》わして肩をすくめた。

「確か、旅人《プレイヤー》がなれる職業は限定させたんだったかな？」

「職人の保護とか聞いたな。だが、後々は制限が解除される予定だったろ？」

「そうだね。それに、専門の職業にならなくてもスキルは入手できると思ってたけど」

「それで間違いないはずだぜ」

凄く重要な会話を聞いてる気がする。

後々プレイヤーが転職できる生産職が増えるって考えていいんだよね？　戦闘職のテイマーと同じパターンか。スキルは今のままでも覚えられるみたいだし、ガットさんに弟子入りするのもいいかも。自分で美味しいご飯作れたら楽しいし、商売もできそう。

でも、まずは錬金術士に弟子入りからしないと、さすがにね。

「じゃあ、時間できたら、弟子入りしてもいい？　今はちょっと忙しいんだよね」

「もちろんいいぞ。好きな時に声をかけろよ」

気のいい笑みを浮かべて、ガットさんが調理スペースに戻っていく。

美味しい飲み物とご飯を楽しめて、料理スキルを入手する方法まで見つけられたなんて、凄くラッキーだったな！

【集まれ】雑談しましょ、そうしましょ【プレイヤーたち】

1 運営ちゃん
ここは雑談するスレです
発言内容は運営ちゃんが監視しています
マナーを守って利用してください
思考読み取り機能により、誹謗中傷《ひぼうちゅうしょう》や晒《さら》しなどの発言は、自動的に規制されます〈〈運営ちゃんはあなたを監視しています〉〉

2 名無しの人間さん
2げっと……はっ、監視⁉

3 名無しのドワーフさん
なにゆえ、いにしえの掲示板が最新式ゲームで使われているのじゃ

4 名無しの獣人さん
>>3 ロールプレイ乙w

5 名無しの人間さん
ゆうて、思考読み取り型記述ってのが最新式ですしおすし
掲示板の体をとってるだけで、やってることは意味不明な超技術だよな

6 名無しのエルフさん
監視ってのも、脳内でゲームに接続してる時点でそんなもんだろって俺は思ってたぞ

7 名無しの人間さん
ゲーム開始前の契約書に、ちゃんとその辺の説明はありましたよー
さては流し読みどころか見もしなかった人いますね？

8 名無しの獣人さん

ギクッ

9 名無しの獣人さん

うぐっ

10 名無しの獣人さん

はにゃにゃっ

11 名無しのエルフさん

獣人ばっかりがダメージくらってんの、なんでなの？
脳筋は獣人を選びがち？

12 名無しの獣人さん

モフラーだっていますよ！

13 名無しの獣人さん

名誉毀損《めいよきそん》！

14 名無しの人間さん

それより皆さん、運営ちゃんが自らちゃん付けしてることはツッコまないんです？

15 名無しのドワーフさん

ツッコんだら負けかと思って……

16 名無しの人間さん

いつ勝負が発生していた？
それはそれとして、運営ちゃん呼び、可愛くていいと思います

◆　◆　◆

230 名無しの人間さん

緑の狼さん、強すぎない？

231 名無しのエルフさん

わかる　仲間呼ばれてリンチはひでぇ

いまステータス半減中で、ログアウトするか悩んでる

232 名無しの獣人さん

もふもふいたー！

233 名無しの人間さん

急にテンション高いやつ来たな

234 名無しのエルフさん

この 232、>>12 では？

235 名無しの人間さん

もふもふはチュートリアルで遭遇するでしょ

あの薄紫のうさぎはだいぶ野性み強くて可愛くないけど

236 名無しの獣人さん

違くて、街で見たんです！

237 名無しのエルフさん

街で？　野良猫とか？

238 名無しの獣人さん

プレイヤー！　あれ希少種ですよ、絶対

羽があるうさぎっぽくて、もふもふしてました！

239 名無しのエルフさん

希少種ガチャ成功した人いるんだ……

240 名無しのドワーフさん

俺のダチ、ガチャ４回してスライムｗ

241 名無しのエルフさん

それ、どうしたの？　職業さえとれなくない？

242 名無しのドワーフさん

無職っていう隠し要素を発見してたｗ

けど、キャラクリやり直そうとして、１週間プレイできない状態になってるｗ

243 名無しの人間さん

なんで⁇

244 名無しのドワーフさん

２回目のキャラクリするのに、１週間あけないとダメらしい

245 名無しのエルフさん

つら……

246 名無しの獣人さん

それよりもふもふ！

誰か知り合いいないですか⁉　本人なら、なおよし！

247 名無しの人間さん

それ聞いて、どうするんやで

248 名無しの獣人さん

もふる！

249 名無しのエルフさん

草　まずは会って仲良くなりたいとか、言葉を繕えｗ

250 名無しの人間さん

でも、どんな感じのステータスなのかとか、聞いてみたいよなー

◆　◆　◆

573 名無しの人間さん

指南役、おじさんだった……

574 名無しのエルフさん

どんまい　俺ばあちゃん。凄い魔術士だったｗ

575 名無しの人間さん

ばあちゃんは草　剣士の俺は、ムキムキお兄さんでしたが、何か？

576 名無しのドワーフさん

ロリっ子じゃった　どう話せばいいのかわからんかった

577 名無しのエルフさん

ロリっ子、裏山！　つか、指南役多種多様すぎる　何人用意してんだよｗ

578 名無しの人間さん

プレイヤーと同じくらい個性が爆発してますね

579 名無しのエルフさん

ふぁ⁉　ワールドアナウンス来た！

580 名無しの人間さん

テイマー、とは？

581 名無しのドワーフさん

転職とか、まだその要素影も見えてねぇだろw

582 名無しの人間さん

誰がこんなに先取りしたの？　っていうか、モンスターとの友情……？

私たち、モンスターの侵略から国を守るために呼ばれたって設定じゃなかった？

583 名無しの人間さん

設定って言うのやめろしw

敵モンスはいるけど、味方にもできるってだけだろ

584 名無しのエルフさん

これ、もふらーさんが興奮しそう

585 名無しの獣人さん

テイマー来たーーー‼

586 名無しのエルフさん

やっぱ出たな　そんで興奮が溢れすぎw

587 名無しの獣人さん
もふもふ、もふもふ！

588 名無しの人間さん
今んとこ、テイムできそうなのはスライムとうさぎと狼だけだがな
しかも狼は鬼強いし、テイムスキル持ってても捕まえんのはしばらく無理だろ

589 名無しのドワーフさん
そもそもまだ転職できねぇんだって

590 名無しの獣人さん
(´・ω・｀)ｼｮﾎﾞｰﾝ

591 名無しの人間さん
もふらーさん落ち込んじゃったじゃん　何やってんの男子ぃ

592 名無しの獣人さん
そういう女子、クラスに一人はいたよな

593 名無しの希少種さん
希少種はモンスと仲良くなりやすいっぽいですよ

594 名無しの獣人さん
あなたうさぎさんですか⁉

595 名無しの希少種さん
スライムです

596 名無しの獣人さん
（´・ω・｀）ｼｮﾎﾞｰﾝ

597 名無しのエルフさん
落ち込むな　さすがに失礼だろｗ

598 名無しの人間さん
笑ってるお前もなｗ

599 名無しの人間さん
スライムってどんな感じなん？

600 名無しの希少種さん
弱いです

601 名無しの人間さん
はじめからわかってたやつｗ

602 名無しの希少種さん
でも、自分の体が軟体動物みたいになる経験って貴重ですよ　面白いです

603 名無しのエルフさん
楽しめてるなら良かったですー

604 名無しの希少種さん
ログアウトしたら１週間休んで、キャラクリから再開します

605 名無しの人間さん
おい、結局やめるんかいｗ

◆　◆　◆

805 名無しの人間さん
　スレ伸びてんなー　これ誰が次のスレ立てんの？

806 名無しの人間さん
　東の草原、混雑しすぎてモンス見つけられない
　運営ちゃん、調整まちがってない？

807 名無しのエルフさん
　東の草原がフェス会場みたいになってる

808 名無しの獣人さん
　俺歌う？

809 名無しのドワーフさん
　やめるんじゃ音痴

810 名無しの獣人さん
　音痴設定勝手につけるなw

811 名無しの人間さん
　真面目に、モンス見つけられなくて暇
　掲示板チェックくらいしかすることない

812 名無しの人間さん
　攻略組もイライラしてるっぽいなー　モンス、かもん！

813 名無しの獣人さん

他のフィールドが解禁されないのが無理

814 名無しのエルフさん

最初より人増えてない？

815 名無しの人間さん

ヒント放課後

816 名無しの獣人さん

それ答えですやん　俺も学校サボらずがんばってきましたー

817 名無しの人間さん

サボらないのは当たり前では？

818 名無しの人間さん

けど、義務教育以外だったら、わりと自由に休むし

つーか、テレワークの合間にやってるやつもいるだろ

819 名無しのエルフさん

就業時間にやってたらバレるんじゃない？

私んとこ、テレワーク用パソコンが遠隔監視されてる

就業時間に一定時間仕事の操作してなかったら、上司から電話かかってくる……

お前は暇人か??

820 名無しの獣人さん

技術の進歩も良し悪しですね

会社に行く機会ほとんどなくなりましたし

821 名無しの人間さん

むしろ会社があるのは仮想空間

822 名無しの人間さん

一応、実物の会社はあります

仮想空間だけに社屋を置くとか、リスクマネジメントできてなくないですか？

823 名無しのエルフさん

でも仮想空間に本社置くとこ増えたよね　初期投資安くで済むから

824 名無しの獣人さん

ゲームん中で世知辛い話はやめろｗ

825 名無しのドワーフさん

それはそう

だから運営ちゃん！　モンス（経験値）をください！

826 名無しの人間さん

それな

827 運営ちゃん

大変ご迷惑をおかけしており、申し訳ございません

現在、鋭意調整中です

しばらくお待ちくださいますよう、お願い申し上げます

828 名無しの人間さん

運営ちゃん！

829 名無しのエルフさん

運営ちゃん、お疲れ様ですー
できるだけお早くお願いします……

830 名無しの人間さん

次のスレは運営ちゃんが立ててくれる感じ？

831 運営ちゃん

わたくしどもが立てたものは、誰も新たに立てないようでしたら、こちらで立てます

832 名無しの人間さん

りょーかい　調整がんばって

第三章　なんでもできるって楽しい

ご飯の美味しさに衝撃を受けた後は、宿に戻って一旦ログアウトした。

休憩してからゲーム再開です。

「ふあ……一気にワクワク感が高まる感じ、いいよね～」

宿の外に出たら、朝になっていた。白い光がオレンジの街に降り注ぐ光景は、空を飛びながら眺めると格別の美しさ。爽快な気分になる。ゲーム内では六時間で一日が経つ。早起きが苦手な僕でも、ゲーム世界では朝の清々《すがすが》しさを味わえるから、得した感じがする。

「さて、ここが地図にあった錬金術士さんの工房だけど……」

辿り着いた工房。木の扉にガラスがはまってたから、中をのぞき込んでみる。

今さらだけど、朝早くても大丈夫だったかな？

——明かりがついてる。作業してる人もいるみたいだから大丈夫そう。とりあえずノックしてみよう。

「こんにちはー」

「……なんだ？」

扉が開いた。顔を出した男の人は、外を眺めて眉を顰める。「悪戯《いたずら》か？」なんて呟いてるけど、ここだよここ。下を見て。

「僕、薬士のランドさんから紹介されてきました」

「うおっ……うさぎ？」

「天兎《アンジュラパ》のモモっていいます！　冒険者になったばかりの旅人《プレイヤー》だよ」

どうもーと手を振ってみる。男の人がちょっと表情を緩めた。

「……モンスター駆除《くじょ》を依頼したっていう、異世界からの旅人《プレイヤー》か」

「わお、ここに来て初めて、僕たちの使命を言う人に会ったや」

すっかり忘れてたけど、この国ってモンスターに侵略されて困ってるんだよね……異世界の住人《NPC》たち、結構のびのび生活してる気がするけど。全然緊迫感がないような？

「この街は周囲に現れるモンスターが弱くて、ほとんどの住民は危機感を理解できてないから、わざわざ言わないんだろう——ランドに紹介されたとか言ったな。とりあえず入れ」

工房は、作業するための材料が散らばってて、雑然としてるけどワクワクする雰囲気だ。

「僕、錬金術を教えてもらいたいんだ」

「なるほど。まずはランドの紹介状を見せてくれ」

アイテムボックスから取り出した紹介状を渡して、工房内の観察を続ける。

あ、なんか乾燥した薬草っぽいのが瓶に詰まってる。あっちにある砂はなんだろう？

「——話はわかった。俺はレナード。この街の一級《いっきゅう》だ」

「一級？」

「街で生産品を売るためには、錬金術ギルドに加入する必要がある。そこでの試験をクリアするか、一級錬金術士から推薦《すいせん》されると、初級錬金術士になれるんだ。経験やスキルの習熟度によって、その後三級から一級まで昇級できる」

「つまり、レナードさんは、一番能力が高い錬金術士ってこと？」

「簡単に言えばそうだな」

凄い。ランドさん、いい人を紹介してくれてありがとう。レナードさんは焦げ茶色の髪をひと括りにしてて、ワイルドな雰囲気。でも、丁寧に説明してくれるから、優しい人なんだろうなぁ。

「僕を弟子にしてくれる？」

「いいだろう。旅人《プレイヤー》は能力の向上が早いって聞くから、手間もかからなそうだしな」

「ありがとう！」

プレイヤーって、異世界の住人《NPC》よりスキル入手とか成長が早い感じ？　一日中プレイしてるわけにはいかないんだし、それも当然か。

「——あ、僕、回復薬を作ってみたいんだけど」

「いきなり薬士の分野か。まずは錬金術の基礎を教えてやった方がよさそうだな」

「分野が違うと、錬金の仕方が変わるの？」

レナードさんが作業台に向かう。その背を追って、許可をもらってから作業台に飛び乗った。

「錬金術は特殊な道具を使う。分野が異なるアイテムを作るにはコツがいるんだ。まずは簡単なものから作ってみよう」

作業台に、綺麗な丸い石と星が描かれた布が置かれた。布は僕がゆったり寝そべれそうなくらい大きい。石の方はなんか見覚えあるなって思ったら、キャラ作成の時に見た錬金術士の例が持ってたものと同じだ。

「それなぁに？」

「この石は【錬金玉《れんきんだま》】だ。錬金術のレシピを検索できる。錬金術を行う際の媒体《ばいたい》にもなるぞ。布は【錬金布《れんきんぬの》】で、ここに材料を並べる。これには六種類置けるが、初心者は三種類までのものから始めるべきだろうな。スキルが習熟したら、より上級者向けの錬金布を使うといい」

そう言って、レナードさんは三角形が描かれた錬金布も取り出した。僕にくれるんだって。無料で生産用の道具をもらえるとか、ラッキー！

【錬金布】レア度☆
錬金用の材料を載せる布。描かれている図形によって、一度の錬金で使える材料の種類数が変わる。図形ごとに、必要な錬金スキルが異なる

「――錬金玉に触れると、作れる物のレシピが表示される。作りたい物をイメージするだけで検索できるぞ」

ブンッと目の前に薄青色のスクリーンが現れた。たくさん絵や文字が表示されてる。でも、レナードさんが操作したのか、すぐに表示が切り替わった。映し出されたのは一つの絵と説明。

「これって、錬金玉？」

絵とレナードさんが触れてるものを見比べる。無色透明な丸い石でそっくりだ。

「ああ。錬金術に必須の道具も錬金術で作る。錬金術を生み出した最初の錬金術士は、道具を使わずに錬金していたらしい。極めたら可能なのかもしれないな」

「へー。絵の横に書かれてるのは材料？」

「そうだ。錬金玉に必要なのは石炭《せきたん》、あるいは木炭《もくたん》」

「炭から石ができるの？」

「錬金術とは、そもそも物質の組成を操作するものだからな。構成しているものが同じなら、組み替えれば炭から石だって作れる」

炭素でできた透明な石って、金剛石《ダイヤモンド》では？　レナードさんが持ってる錬金玉を鑑定する。

【錬金玉】レア度☆
金剛石《ダイヤモンド》でできた錬金術用の道具
錬金術のスキルを持つ者が触れると、作製可能なアイテムを表示する
レシピが登録されていなくても、錬金布に置かれた材料から作製される物を予想し、成功する確率を導き出すことができる

やっぱり金剛石《ダイヤモンド》だー。お高い宝石を量産できそうな能力凄いな。この世界だと、炭から作れるなら金剛石《ダイヤモンド》もあんまり価値ないのかな？

説明文も気になる。これ、錬金が失敗する可能性もあるってことだよね。

オリジナルレシピができそうな感じなのも興味深い。自由度高いって評判のゲームだけあって、生産活動も工夫のしがいがありそう。

「まずは、モモ用の錬金玉を作ってみろ」

「いきなり!?」

レナードさんは驚いてる僕のことなんか気にしてないみたいで、黒い塊《かたまり》を作業台に置いた。

「これは木炭だ。あとは魔石も必要なんだが……おっと、在庫を切らしていたな」

渋い顔をしてる。魔石？　確か、僕が持ってたような。アリスちゃんの子猫を救出した時にもらったんだ。

「悪いが、魔石を自分で手に入れてき――」

「これ、使える？」

言葉を遮っちゃった。もしかして、これから魔石探しのミッションが始まる感じだった？

「……光魔石か。もちろん使えるが、珍しいものを持ってるな」

「珍しいの？」

レナードさんはぎこちなく動きながら、僕が取り出した光魔石を受け取った。

「この辺だと、木魔石と水魔石、土魔石は入手しやすい。北と南の門の外や海にいるモンスターの中には、その属性の魔石を落とすものがいるからな」

いい情報もらった。つまり、属性のある攻撃とか耐性があるモンスターがいるってことだよね。というか、近くの海にもモンスターがいるのか。ゲーム開始地点だったから、てっきりモンスターはいないんだと思ってた。

「この光魔石はアリスちゃんにもらったんだよ」

「ああ、あの子は魔石集めが趣味《しゅみ》だからな」

アリスちゃんの意外な趣味を知っちゃった。石集めって子どもはしがちだけど、魔石みたいなレアなアイテムを集めるのは大変そう。

「……もらってよかったのかな」

もしかして、この光魔石、アリスちゃんが大切にしてるものだったのかな？　友だちの証って言われたもんなぁ。ここで使ったらもったいないような気もする……。

「アリスは気に入った人にプレゼントするために集めてるんだ。確か、子猫の首輪には火魔石をつけてたな。錬金玉は錬金術士にずっと寄り添うものだから、人からもらったものを材料にするアイテムとして相応しいんじゃないか？」

錬金術士に寄り添う……なんかいい表現だね！　確かに、もったいないというより、特別感が増した気がする。

「そっか！　じゃあ、この光魔石を使って錬金玉を作って、僕、ずっと大切にするよ」

「それがいい」

アリスちゃんのおかげでいいものができそうな予感がする！

「まずは俺の錬金玉に触れて、レシピを表示させてみろ」

「はーい。ちょっとお借りしますよー」

もふ、と錬金玉に触れる。初期画面が出たところで、錬金玉をイメージ。一生大切に使える錬金玉を作るよー。素敵なのができるといいな！

「ん？　さっきのと表示が違うな」

「ほんとだ。でも、錬金玉って書いてあるよ？」

表示されたレシピに載ってる絵は、レナードさんが見せてくれたものと微妙に色が違う。ちょっとピンクっぽい。材料のところには『木炭、あるいは石炭』『魔石』『真心《まごころ》』と書かれてる。

……真心って何？　それって物質として存在してるの？

「こんな表示は見たことがない。とりあえず、材料を錬金布に載せてみろ」

「真心がないけど？」

この言い方だと、僕が冷たい心の持ち主みたいだ。

三角形が描かれた錬金布に木炭と魔石を並べながら、ちょっぴり頬を膨らませた。

「錬金可能になってるな……」

「真心、どこにあるの……」

錬金布に描かれてる三角形の頂点の一つ、空白の場所を見つめる。

もしやここに、見えない真心が存在する？　そもそも真心って見えないものだけど。材料として必要とされてるのに、それでいいのかな？

「成功率は百パーセントだ。やってみろ」

「そんな実験的な感じでいいの？　僕がずっと使う大切な錬金玉だよ？」

そう言ったら、錬金布の一部がキラッと光った気がした。これは、もしや、本当に見えない真心がそこに存在してる……？

「――やってみる」

「急にやる気になったな」

レナードさんに驚かれたけど気にしない。

「どうやって錬金したらいいのか教えてー」

「錬金玉に触れたまま、【錬金スタート】と唱えてみろ」

「魔術と違って呪文がシンプルでいいね！」

魔術を使う時の、あの恥ずかしい呪文の詠唱、どうにかならないかなー。

心の中で不満を零してから、完成図を眺めて口を開く。心を込めて唱えてみよう。

「――【錬金スタート】！」

唱えた途端、錬金布からピカッと光が溢れた。シャラランと綺麗な音がして、錬金布の周囲を虹色の煙が渦《うず》のように囲む。

「虹色⁉　まさか、最高レアアイテムの……」

なんか聞き捨てならない単語が聞こえた。ゲームのガチャでありがちだけど、虹色って凄いものができる前触れじゃない？　僕の希少種ガチャより華やかな演出に、ちょっぴり心が傷ついたのは

言葉にしない。そうは見えなかったかもだけど、僕の一大決心だったんだよ？

　でも、錬金術での演出の方が人目《ひとめ》に触れる機会が多いんだから、ゲームを作った人がこだわるのも当然だよね。負け惜しみじゃないよ！

「……できた？」

　煌《きら》めく演出の後には、錬金布の上に錬金玉が一つ載っていた。最初に示されてた絵と同じく、少しピンク色を帯びてる。鑑定するぞー。

【心のこもった錬金玉】レア度☆☆☆☆☆
金剛石《ダイヤモンド》でできた錬金術用の道具
錬金術のスキルを持つ者が触れると、作製可能なアイテムを表示する
レシピが登録されていなくても、錬金布に置かれた材料から作製される物を予想し、成功する確率を導き出すことができる
幼い少女の願いにより、オリジナルレシピの成功率が上昇し、作製アイテムの品質が向上する効果が付与されている

「――ぴゃ!?」

　驚きのあまり変な声が出ちゃった。

　レア度の表記は、レナードさんの様子から予想していたとはいえ、重要なのは付加効果だよ。

オリジナルレシピの成功率上昇は今後凄く役に立つと思うし、それだけじゃなくてアイテムの品質向上まで……！

錬金術士のデメリットを完全にカバーできるかはわかんないけど、凄くありがたい。

「幼い少女の願い？」

「レナードさんも鑑定したんだ？　それ、きっとアリスちゃんのことだよね。魔石にこもってた心が錬金術に使われたってことかなぁ？」

「おそらくそうなんだろうな――そういえば、そのような例があった気がする」

レナードさんが本棚を探り出す。たくさん本があるから、時間がかかりそうだ。僕は完成した錬金玉を眺めて待っておこう。

「これが僕の錬金玉か……」

アリスちゃんに感謝しなくちゃ。アイテムに反映されるくらいの心を込めて、僕にプレゼントしてくれたんだもん。嬉しいなぁ。何かお返ししたいけど、僕の持ち物少ない……所持金だって余裕ない。

「――お腹空いた」

いつの間にか満腹度が減ってた。時々食べてたリンゴ、僕の種族特性で空腹になりにくくなる効果があるから便利だったんだけど、そろそろ底をついちゃいそうだ。買い足すべきか、違う食べ物を買うか……

普通の料理は食べかけでもレアアイテムにならないみたいなんだ。

昨日の酒場飯は途中でアイテムボックスに入れることさえできなかった。リンゴが特別なのかな。他の果物も試したらわかるかも？

「あ、思考が逸れてた。アリスちゃんへのお礼、どうしよう……」

「あの子にお返しをするのか？」

レナードさんが戻ってきた。その手には一冊の本。

「うん。素敵な魔石をもらったし、なんかお返ししたいんだけど、同じくらい気持ちがこもったものが思い浮かばない……」

「それなら、錬金術で作ってみたらいいんじゃないか？」

「ハッ、それがあった！」

言われるまで気づかないって、僕バカじゃん。

僕の錬金玉を触ってレシピ検索。これ、ネットサーフィンと感覚が似てて、もう操作に慣れた。

「んー？　どういうのがいいかな……」

「作業しながらでいいから、説明を聞いてくれ――錬金術では、基本的に所持品を手がかりにしたレシピが優先的に表示される。その際、極まれに、『心』という目に見えないものも材料として換算されるらしいんだ」

「僕が作った錬金玉は、そういうことだったんだね」

アリスちゃんに光魔石をもらった時から、心も一緒にもらってたってことだ。一層ありがたいし、嬉しくなる。

「そうだな。人からもらったものを材料にする時はレシピに注意してくれ。今回は好意的な思いがこもっていたが、悪意がこもった材料を使うと、マイナスの付加が生じる可能性がある」

「あ、そういうことか！」

例えば、呪いのアイテムみたいなのを材料にしたら、マイナスの付加がある、みたいな？　使いようによっては、役に立つのかも。でも、滅多《めった》にそういう材料には出会わなそう。

そんなことを考えながらお返し用のレシピを探していた手が止まる。

——ピンク色のお花がついたネックレス。これ、可愛い。アリスちゃんに似合いそう。

必要な材料は【チェリー花《ばな》】【シルバー】【金剛石《ダイヤモンド》】。三種類だから、材料さえ集められたら僕でも錬金できる。金剛石《ダイヤモンド》は木炭か石炭で作れるし。

「それを作ってプレゼントするのか？」

「できたらいいなーって思ってる」

「ちょうど必要な材料も三種類か……よし、それが無事作れたら、初級錬金術士として認めよう。ついでに錬金術ギルドに推薦状も書いてやるぞ。試験なしでギルドに所属できるようになる」

これはラッキーな展開になったのでは？　錬金術ギルドに所属しようって思ってたし。

「それって、作ったものを街で売れるようになるってこと？」

「ああ。錬金術ギルドで生産品の買取もしてくれるようになるぞ。自分で店を持っていない場合は便利だ」

「それはほんとに便利！」

今はそれよりもアリスちゃんへのプレゼントが大切なんだけど。

「――レナードさん。プレゼントに使う材料、どこで手に入る？」

「どれも街中で買えるものだが……トータルで一万リョウは超えるぞ」

「ヒエッ……いや、アリスちゃんのためなら、それくらい稼ぐけど……！」

葛藤。一万リョウかー……そのお金で別のプレゼントを買えるのでは？

「モモは冒険者でもあるんだから、自分で採ってくるのがいいんじゃないか？　レベリングもできるしな。いずれ第二の街オースに行くつもりなら、今のレベルじゃ無理だろ」

「それはその通りです。やっぱ、自分で集めるっていうのがゲームの醍醐味《だいごみ》だよね」

よし、楽しんで集めるぞ！

レナードさん曰《いわ》く、【チェリー花】は南の門から伸びる街道沿いで採れることがあるらしい。

【シルバー】と【石炭】は、北の門から出て、街道を逸れてサクノ山に向かうと、採掘できるところがあるんだって。

「――どっちも、新しいフィールドじゃん！」

僕のレベルじゃ、まだ攻略が難しい気がする。気合い入れてレベリングしないと。

チェーンミッション1【錬金術士への弟子入りの道】をクリアしました
チェーンミッション2【錬金術ギルドに所属しよう】が開始しました

チェーンミッション2【錬金術ギルドに所属しよう】

師匠が求めるアイテムの作製に成功すると、錬金術ギルドへの紹介状をもらえる
錬金術ギルドに所属すると、生産活動に使う材料の購入や生産品の販売が可能になる

もしかして、アリスちゃんへのプレゼントを作りたいって言ったから、普通より難度が上がってる可能性がある？

ちょっと微妙な気分になりながら、レナードさんに回復薬の作り方を聞いてみる。フィールドに出るためには必須のアイテムだもん。でも、「初級錬金術士になってからだな」って言われちゃった。しょんぼりしたけど、レナードさんとお別れした後、気を取り直してランドさんの店に回復薬を買いに行く。

「――回復薬は朝に売り切れたぞ」

「えー!?　そんなぁ……」

ランドさんに申し訳なさそうに言われた。でも、ランドさんは悪くない。僕が来るのが遅かったんだ。最初にもらった回復薬でしばらく凌《しの》げるかなぁ。東の草原は草原狼《プレアリーウルフ》にさえ気をつければ大丈夫だと思うけど、新しいフィールドは未知数だ。正直不安しかない。

ランドさんが「また薬草を売ってくれたら、回復薬を取り置きしておくぞ」って言ってくれたから、まずは薬草採りをがんばろう！

ということで、いざフィールドへ――と思ってたんだけど……街の市場の誘惑が強すぎた。通りがかったらいいにおいがしてくるんだもん。これをスルーするのは無理。

「美味しそー」

市場は食材の販売が主だけど、屋台も並んでた。昼に近いからか、凄い人混みだ。

「お肉と海鮮の串焼きは安い。それにパンがつくと一気に高くなるのか。お野菜も高め？」

観察した結果、この近くには農場がないのかも、という考えに辿り着いた。

とりあえず、市場でリンゴを五個買う。自分で生産できるレアアイテム狙いだ。

他の果物も挑戦したいけど、高いんだよ。リンゴは一個十リョウで、どうしてそんなにお安いのって聞きたくなるレベル。他の果物は百リョウ超えてる……

「まいどあり」

「リンゴだけお安いんだね」

買い物ついでに果物を売ってる店主のおばさまに聞いてみる。

「リンゴは街の一画に農場があるんだよ。でも、他の果物はねぇ……前まではオースから運ばれて来てたんだけど、最近はモンスターの影響で滞《とどこお》ってるんだ」

「モンスター？」

初めて本気でモンスターの被害を受けてる人の話を聞いた気がする。

どうやらこの街とオースの間に、強いモンスターが居座ってしまったらしい。そこを通り抜けるには高ランクの冒険者の護衛が必要で、その影響で流通が滞って値上げされてるみたい。

「――それはしんどい状況だね」

「本当にね。オースは農業が盛んな街だから、そこと近いこの街は、ずっと農産物を頼ってきたんだ。まさかこんなことになるなんてねぇ」

おばさまは頬を押さえてため息をついてる。本当に困ってるんだなぁ。

「でも、冒険者が増えたから、近いうちに問題は解決するかもよ？」

ゲーム的に、これはオースの街に行くためのミッションだと思う。そうなると、攻略重視なプレイヤーがすぐさま動き出してくれそう。

居座ってるモンスターがどれくらいの強さなのかはわからないけど……序盤なんだし、そこまで倒すの大変じゃないよね？　そうであってほしいな。

「そうなるといいんだけどね。あんたも小さいが冒険者なんだろう？　がんばっておくれよ」

ニコッと笑ったおばさまに、リンゴを一個追加でもらった。


ミッション【果物屋の困りごと】が開始しました

【果物屋の困りごと】
第二の街オースとの間に強いモンスターが居座っている
そのせいで流通が滞って、農産物が入ってこない！　流通の問題を解決しよう

わぁお。こういう形でもミッションがあるんだ？　リンゴは前報酬？　僕が解決できる問題かな？

「ほどほどにがんばるよ。あんまり期待しないでね」

「ははっ、わかってるよ。死なないように気張りなさいな」

おばさまに見送られて、ようやくフィールドに出発。向かうのは東の草原だ。

途中、屋台でイカ焼きを買ってしまった。凄く美味しそうなにおいがしてたんだもん。

イカは海烏賊《シースクイード》っていうモンスターらしい。ちょっと焦げたしょう油の香ばしさとイカの旨味が最高に美味でした。歯ごたえは凄かったけど。お米食べたくなる。

……ここってパン食文化なのかな。お米見ないや。どこかで入手できるかなー？

そんなこんなでやって来ました、東の草原。

「……凄いプレイヤーの数」

モンスターより多いのでは、と言いたくなるくらいプレイヤーの姿があった。たまに僕が敵に間違われそうになる。今のところトラブルにはなってないけど。

「薬草がない……」

もう採り尽くされちゃったのかな。カミラも、街の近くで薬草を採れるのはラッキーって言ってたもんね。どーしよ？

トボトボと歩く。モンスターは湧いた途端にプレイヤーに狩られるからか、僕のところには一切近づいてこなかった。これは、草原狼《プレアリーウルフ》がいるエリアまで行かないと、薬草を採れないのかも。でも、今の僕が一人で草原狼《プレアリーウルフ》と戦うのは無理だ。

「あ、スラ君を召喚する？」

使ってなかったスキルを思い出した。

確かバトル一回に五分間召喚できるんだよね。でも、そのあと一時間は再召喚できないもんなぁ。草原狼《プレアリーウルフ》との戦いには、あまり使えなそう。そもそもスライムって強くないし。

「モモ？」

「え――リリとルト！」

女の子の声で名前を呼ばれて振り返り、驚いた。フレンドになったばかりの二人と偶然会えるなんて考えてなかったんだもん。

でも、二人はレベリングしたがってたし、ここにいるのは不思議じゃないか。

「モモもレベリング？」

リリがにこにこと微笑みながら近づいてくる。

「ううん。薬草採集のつもりだったんだけど……」

「ここ、全然ないよね……」

リリも肩を落として悄然《しょうぜん》としてる。もしかして、薬草採集の依頼を受けてるのかな。

「街でも欠品してるみたいだぜ。回復薬も買えないしよ。掲示板が荒れてる。草原狼《プレアリーウルフ》に挑むには回復薬が必須って話を聞いたんだけどな」

ルトが苦い顔で言う。レベリングが進まないみたい。ここは混雑しすぎていて、モンスターとバトルするのも難しい感じだもんね。

「私の回復スキルの効果がもっと高ければ草原狼《プレアリーウルフ》に挑めたんだけど……攻撃力も足りないし」

「他のフィールドには行かないの？」

僕が聞くと、リリは残念そうに首を横に振る。その横でルトがため息をついた。

「北と南の門を出るのって、草原狼《プレアリーウルフ》の牙を冒険者ギルドに納品するのが条件らしいんだ。すでにその条件をクリアしてるプレイヤーとパーティを組めば、一緒に出られるって話だけどな」

「へぇ、そうなんだ。草原狼《プレアリーウルフ》の牙ね……ん？」

ルトに言われて思い出した。僕、カミラと一緒に戦って、そういうアイテムをもらった気がする。

確かめてみると、やっぱりアイテムボックスに入ってた。

「――これ、あげようか？」

取り出して二人に見せたら、目を丸くして驚かれた。

「え、もう草原狼《プレアリーウルフ》倒したの？」

「モモってそんな強かったのか？」

ほぼカミラのおかげです。

前回話してなかったチュートリアルのことを説明したら、戸惑った表情をされた。

「なんか変？」

「いや、俺のチュートリアルは普通に跳兎《ジャンプラビ》倒して終わったから」

「そうそう。私もスライム倒して、『終わりにする？』って聞かれたから、頷いちゃったんだよね。ルトを待たせてたし」

「……あの強いおっさんと一緒に、草原狼《プレアリーウルフ》と戦うこともできたのかよ」

ルトがあからさまに落ち込んでる。盲点《もうてん》だったね。指南役と一緒だったら、わりと安全に草原狼《プレアリーウルフ》を倒せてた可能性高いもん。

「それで、これいる？」

出したままだった草原狼《プレアリーウルフ》の牙を差し出す。

パーティ内で一人条件をクリアしてたらいいのなら、これ一個で足りるはずだよね。

「……本当にいいのか？」

「うん。まだ一個あるから」

袖《そで》振り合うも多生《たしょう》の縁《えん》、っていうしね。プレイヤーの初フレンドは大切にしよう。

にこにこと笑ったら、ルトが嬉しそうにしながら受け取ってくれた。

「もらうだけなのは悪いよ！　モモも薬草がなくて困ってるんでしょ？　一緒に新しいフィールド行ってみない？　三人で行けば、安全性が増すよ」

リリが閃《ひらめ》いたと言いたげな表情で提案してくる。新しいフィールドか。確かにここにいてもどうしようもないし、リリたちがいるなら一人で行くより心強い。

「僕と、パーティ組んでくれるの？」

「うん。一緒に行こう！」

「俺も、別にいいぜ」

ルトも肩をすくめながら頷いてくれた。アイテム贈呈《ぞうてい》の効果か、ちょっと態度が優しくなった気がする。パーティでの冒険、楽しくなりそうだね！


フレンド・ルトからパーティ申請が届いています。加入しますか？

パーティってこういう風に組むんだ？　答えはもちろんイエスだよ。

パーティに加入しました。リーダーはルト（剣士・鍛冶士）です

「パーティに入ったの初めてだ」

「私もルトとしか組んだことないよ。まだ初日——ゲーム時間で言うと二日目だしね」

にこにこと笑うリリに、僕も微笑み返す……うさぎの顔だと、どんな感じで笑顔が見えてるんだろう？

「俺がリーダーだけど、問題ないよな？」

「うん。ルトは剣士で前衛だよね。僕は魔術士で後衛になるけど——」

これ、僕が防御力強い種族って教えた方がいいかな？

普通に考えて、僕が二人に代わって攻撃受けるのがいいはずだよね。人がいないところに行って

から話そう。

「わかってる。俺も剣術のスキル鍛えたいから、前衛は任せろ。それより、冒険者ギルドに草原狼《プレアリーウルフ》の牙を納品したし、フィールドを移ろうぜ」

「行動早い……」

冒険者ギルドに行かずに、システムメニューから納品したらしい。僕も忘れない内にしとこう。納品の作業をしながら、二人の話を聞く。

「北と南、どっち行く？」

「攻略組が何か情報出してないの？」

ルトが聞くと、リリが首を傾げた。

攻略組っていうのは、強敵とのバトルを楽しむために、いち早く新しいフィールドを目指してるプレイヤーのことだ。課金ガチ勢とも言う。このゲーム、ステータスには課金できないけど、装備とかは買えるはず。攻略組は情報通な人が多いんだって。

「んー、確認する。ちょっと待ってろ」

ルトが何かを眺めてる。納品し終えて【北門・南門の通行証】と報酬千リョウを受け取り、僕はルトを見て首を傾げた。それから、ルトの横で暇そうにしてるリリを見上げて尋ねる。

「ルトは何してんの？」

「掲示板を見てるんだよ。攻略情報とか、プレイヤーが報告し合ってるの」

「へぇ、そういうのがあるんだ」

僕も暇な時に見てみよう。

「――北門から先のノース街道は、土属性のモンスターが多いらしい。防御力高めで、攻略組も苦労してるみたいだぜ」

ルトが掲示板を眺めながら言う。リリが少し顔を顰めた。

「えー、私の攻撃は通用しないかも」

「リリはしばらく回復専門でいいんじゃないか？　攻撃はモモもいけるだろ？」

「もちろん。魔術は任せて」

ルトに聞かれて、僕は力強く頷いて返す。

「ほんと？　でも、魔術も訓練したいから、タイミング見て攻撃するね」

リリがホッと安堵した感じで言った。

「りょ」

ルトの返答、それでいいんだ。僕の身の周りにはいないタイプだなぁ。面白い。

「南の方の敵は強いの？　木属性モンスターだよね？」

「あ？　モモは知ってたのか？」

本当に木属性タイプのモンスターが出るらしい。僕はレナードさんの情報から推測しただけ。

レナードさんは、この街の周辺だとモンスターが木魔石と土魔石、水魔石を落とすことがあるって言ってたから。水魔石は海のモンスターだと思ってたし、北が土属性なら、南は木属性しかないでしょ。

そのことを教えたら、ルトが「へぇ」と頷きながら目を輝かせた。

「モンスターが魔石を落とすって情報はまだなかったと思う。生産に使えるんだな？」

「うん。僕も何に使えるか、全部把握してるわけじゃないけど」

「十分だろ。これ、掲示板に書いとく」

ルトは随分と掲示板を使いこなしてるみたいだ。早速作業しようとしてる。でも、それを見たリリが眉を顰めた。

「ルト。それは情報をくれたモモに許可をもらってからでしょ」

「あ、わりぃ……モモ、いいか？」

ルトはちょっと申し訳なさそう。そういうマナー、ゲームの中でも結構大切だよね。

リリもしっかりしてるとこあるんだなぁ。

「僕の名前とか出さないならいいよー」

「そのくらいのネットリテラシーはある」

ルトが憮然《ぶぜん》としながらもホッとした感じで作業再開。みなさんのお役に立てたらいいなー。

「それで、南のモンスターは強いの？」

リリが改めて聞くと、ルトは難しい顔をした。

「木属性のモンスターはデバフを使ってくるらしい。麻痺《まひ》とか睡眠とか毒とか……効果自体は弱いけど、そのせいでなかなか倒せねぇって」

「うわ。私、まだ状態異常回復《じょうたいいじょうかいふく》のスキル使えないや……」

嫌そうに呟くリリと同じく、僕もちょっと顔を顰めちゃう。序盤でいきなりデバフ使ってくるモンスターは難度高いなぁ。僕の天からの祝福《アンジュブレス》も体力にしか効果ないから難しそう。

たぶん、東の草原で草原狼《プレアリーウルフ》を簡単に倒せるくらいレベリングしてるプレイヤーが行くフィールドなんだろう。

「何度も状態異常くらってたら、耐性スキルが入手できるらしい。それでも多少デバフの影響は出ちまうみたいだけどな」

「んー、次の街以降のために、耐性を持つためのフィールドってことかなぁ」

ルトの言葉に、リリが考えつつ呟いた。

そういう考え方があるのか。二人ともゲーム詳しそう。

「結局、どうすんの？　二つともやめて海に行く？」

それだと薬草採れないだろうから、パーティ解散かなぁ。

そんなことを考えながら僕が言ったら、二人から不思議そうに見下ろされた。

「なんで海？　釣りすんのか」

「え、海にもモンスターいるんじゃないの？」

ルトと僕はきょとんとした顔を向け合う。これ、僕の誤解？　でも、水魔石といえば海だよね。

それに、陸にモンスターがいて、海にモンスターがいないわけないでしょ。

「……そうだな。まだ、海に釣りしに行ったって報告を見たことねぇし、あり得る」

「海のモンスターって戦いにくくないの？　釣り上げてバトルするのかな」

リリの疑問に、僕は「確かに」と頷いた。釣るだけならいいけど、海に潜《もぐ》って戦うってなったら、難度が急激に上がるもんね。今は避けるべきかも。二人も同じ結論になったみたいで、パーティ解散の危機はなくなった。一回もバトルしないで解散は嫌だし、よかったー。

「北と南、多数決にするか」

「賛成！」

「僕もそれでいいよー」

というわけで、一斉に言うことにする。ちょうど街に戻ったところだったから、立ち止まっても大丈夫そう。

――せーの！

「「「北！」」」

声が揃った。僕たち、どんだけデバフが嫌なの。なんか笑っちゃう。

ルトもちょっと口元が緩んでたし、リリは「だよねー」と朗《ほが》らかに頷いた。

「んじゃ、北行くか」

「うん。南は状態異常回復覚えてからにしようね」

ルトにリリがそう答えているのを聞きながら考える。

僕は自力で行けるようにすべき？　体力回復しながらゴリ押しするしかないかな。

……まぁ、行く時にはなんとかなるか。

悩みは未来に放り投げて、三人で話しながら北門を目指してトテトテと街を進む。

また市場を通ることになって、凄く心惹かれちゃった。うう、満腹度はまだあんまり減ってないけど、美味しいもの食べたい……

「モモは満腹度対策は十分か？」

「一応。リンゴ持ってるよ」

まだレアアイテム化はしてないけど。後でちょっと齧《かじ》っとくかな。

このことを二人に教えるかは考えておこう。あ、防御力のことは伝えておかなきゃ。やっぱり、パーティで戦うってなったら、戦力の情報は共有しないとね。

「バトルの時の話だけど。僕の種族、防御力のステータス高いから、盾にしてもいいよ？」

「そうなんだ？　高ステータスの希少種になれるって、モモは運がいいね」

「高いってどんくらい？」

リリに続いてルトも、反応がフラットな感じ。大げさに受け止められなくてありがたい。

「30ある」

「つよ」

「え、私の三倍ある。すごーい」

リリの言い方が軽い。そんで、ルトはちょっと引いてる気がする。

「……ゲームバランス崩壊してねぇか？」

「八割でスライムっていう難関を潜り抜けたんだから、これくらいは許されたい」

真剣に呟いたら、ルトも「そうだな」って即座に納得してくれた。

やっぱりあのガチャ率がひどいのは、共通の認識なんだね。でも、改めて「なんでモモはそんなリスキーなことしたんだ？」って引かれるのは解せぬぅ！


リリとルトと会話しながら街を歩き、北門にやって来ました。ここまで来るの初めて。

市場で買った跳兎《ジャンプラビ》の串焼きを頬張りながら、門番さんと向かい合う。

塩こしょうが効いててうまうま。リリとルトに「共食い……？」と引かれたのは、ムスッとしちゃったけど。僕は跳兎《ジャンプラビ》じゃない。天兎《アンジュラパ》だし、中身は人間です。

「……通行証をご提示ください。パーティ一組に一枚必要です」

門番さんがなんともいえない表情で僕を見てから言った。ご飯食べながら通ろうとするのはダメなんです？　もうすぐ食べ終わるから待ってね。

「これでいいか」

「はい、確かに。どうぞお通りください」

ルトが動いてくれたからすんなり通れた。いざ、新たな冒険の地へ！

「モモ、食べ終わった？」

「うん。いつでもバトルできるよー」

にこにこしながら聞いてくれるリリは優しいなぁ。ルトは呆れた感じで僕を見てるよ？

まぁ、僕の緊張感のなさが原因だろうけど。

ここからは気合いを入れていこう。天の杖もしっかり手に装備して、バトルの準備は万全だ。

前衛はルト、後衛に僕。リリは僕たちの間にいる。ルトが剣術スキルを高めたいって言って、前衛をしたがったんだ。僕は最後尾から不意打ちを警戒する感じ。背後から襲われるのも困るもんね。

新しいエリア【ノース街道】に入りました

エリア【ノース街道】推奨種族レベル10以上
はじまりの街の北側から延びる街道。サクノ山の裾野の北側にある岩がある草原が主なフィールド

北門から緩やかにカーブする感じで道が続いてる。両端には大きな岩が無秩序に並んでる草原。草原の先は、西側は海で、東側はサクノ山。この道、サクノ山の裾野をぐるっと回る感じで続いてるんだろうな。北門と南門、どっちから出ても第二の街オースに着くってカミラが言ってたし。

「あ、全体回復使っとく？　五分間持続効果があるらしいよ」

僕が提案すると、リリが驚いた顔で振り返った。

「モモはもうそんな魔術を覚えたの？　治癒士の私がまだなのに」

「種族固有スキルで覚えた！」

「ああ、レベル7でもらえるやつか」

ルトが納得した感じで言うと、リリが唇を尖らせた。

「人間の固有スキルは【回避《かいひ》】だったよ……」

リリは残念そうだけど、回避って結構いいスキルだと思うよ？

「羨ま。僕、そのスキル欲しい」

「逃げ回ってりゃ手に入れられんじゃないか？　お前の方がいいスキルだろ。ってことで、使ってくれ」

「りょ」

ルトが言ってた返事を真似《まね》てみた。短いと楽でいいね。

すぐさまスキルを使う。これ初めてなんだけど、どんな感じかな？

「――【天からの祝福《アンジュブレス》】！」

ふわっとした柔らかな白い光が僕たちを取り巻いた。一瞬で消えたけど、なんだか体が軽くなった気がする。キラキラと効果音がついてそうな演出だ。

「これいい！　もしかして私いらないんじゃない？」

リリがちょっとむくれてる。でも、バトルをそんなに甘く見ちゃいけない。草原狼《プレアリーウルフ》が大量にいる光景を思い出したら、気が引き締まる。

「効果は微回復だよ。リリの回復は重要！」

ここのモンスターってどんなのだろう？　土属性というと……ゴーレムとかかな。

「おしゃべりはいいけど、警戒してろよ」

油断なく剣を構えてるルトの一言。確かにその通りです。僕も周囲のモンスターを探そう。それだけじゃなくて、薬草も――

「あった！」

「何が」

「薬草だよ」

「……そうかよ」

ルトの気が抜けたみたい。モンスターじゃなくてごめんね？

「モモ、採集する？」

リリがにこにこと聞いてくれた。

「うん。リリも欲しいんだよね？」

「そうだね。ここたくさんあるみたいだから、手分けして採集しよう！」

「だから、警戒を忘れるなって」

ルトに呆れられつつも、リリと一緒に採集の時間。

まだ北門からあんまり離れてないのに、薬草たくさんで嬉しい。ここのフィールドに来られるプレイヤーはまだ少ないからだろうな。今も視界に他のプレイヤーが入ってこないし。草原狼《プレアリーウルフ》を倒すの大変だもん。草原狼《プレアリーウルフ》は仲間を呼ぶのが厄介。

「攻略組って薬草採らないのかな？」

リリが採集しながら首を傾げる。

「採ってもすぐ生えるんじゃないか？　東の草原だって、あそこまでプレイヤーがいなかったら、普通に薬草の採集もできるだろ」

「なんにしても、薬草たくさんでうまうま」

僕はルトの言葉に頷きながら、ホクホクと微笑む。たくさんの薬草を売れば懐が温まるぞー。

「でも、冒険者ギルドの薬草採集依頼って、一日の納品上限数あるからあんまりお金にならないよね。塵も積もれば山となるってことで受けてるけど」

リリの言葉を聞いて、僕は目を見開いた。え？　嘘やん。

——自分で確認してみたら、確かに冒険者ギルドから出されてる依頼は、『薬草の束の納品（一人一日十個まで）』ってなってた。

納品制限されてても、東の草原の薬草はなくなってるのか……プレイヤーが多すぎるんだよ。運営側の採算を考えたら、これくらいたくさんのプレイヤーは必要なんだろうけど。

「……僕は独自ルートがあるから無制限で納品できるよ」

ランドさんが全部買い取ってくれるはず。これって、薬草が採れるフィールドまで来られる能力あったらラッキーな状況だよね。リリが驚いた顔になった後、考え込んだ。

「アリスちゃん経由のミッションで、直接薬士さんから依頼受けてるんだっけ？　やっぱりシークレットミッション探してみるべきかも……」

「そうだな。思ったより有用そうだ」

リリに続いてルトも悩んでる。その間に僕はちゃちゃっと採集しちゃうね。

称号効果と採集スキルレベル2の影響で、高品質の薬草もたまに採れるからラッキー。リリはしばらく納品できる分を採集したからもういいって。残りは全部僕がいただきます。

「――あ、モンスターが来たぞ！」

「おお……あれは……」

ルトの声かけに、急いで戦闘態勢をとる。岩陰から大きな土人形みたいなのが出てきた。近づかれるまで気づかなかったよ。岩の裏で息を潜めてたのかな？

というか、あの姿って――

「はにわ？」

僕の言葉にリリとルトが呆然とした感じで頷く。

「……埴輪だよね」

「間抜けな顔してるな……」

気が抜けます。ぽっかり口が開いた感じの、ぬぼーっとした顔の土人形。どう見ても埴輪です。

近づいてくる速度は遅いみたいなんで、落ち着いて鑑定しましょ。

【埴輪人形《ハニワーレム》】
土属性モンスター。古き神聖なる地を守る番人。防御力、物理耐性が高い
貫通攻撃は効果抜群。得意属性【風】苦手属性【水】
『水に濡れたら力がでないよ……』

「一言コメント、それでいいんか」

思わずツッコミを入れた。もっと別に説明することあるよね？　わかりやすいけどさ。

「何？」

ルトが警戒しながら首を傾げた。

「鑑定の結果だよー。防御力と物理耐性が高いけど、貫通攻撃と水魔術は効果抜群だぁ！」

鑑定ってみんなが持ってるスキルじゃなかったね。ということで教えてあげたら、ルトとリリがなるほど、と頷く。役に立ちそうで何よりです。

「貫通攻撃は持ってないな。剣突き刺したらいいのか？」

「西洋剣って切れ味よくなさそう」

なんとなくだけど、剣は殴って、刀は切るイメージ。僕がそう言うと、ルトがしょっぱい顔で睨んできたので、予想は外れてないっぽい。

「……とりあえず、アイツ遅いみたいだから先制する」

「援護は任せろー」

先制のために走り始めたルトの背に向かって僕は告げた。

リリも「がんばってね！」と応援してる。

剣を構えて地面を蹴るルトを見守りつつ、水魔術の準備。僕、まだ水の玉《ウォーターボール》しか使えないんだよなぁ。そろそろレベルが上がってほしいところ。

「回復はまだ続きそう？」

リリに言われてハッと気づく。

「あ、かけ直さなきゃ」

ちょうど天からの祝福《アンジュブレス》の効果が切れたので、すかさずかけ直す。

ルトの剣はしっかり埴輪人形《ハニワーレム》に当たってるみたいなんだけど、やっぱり効果はいまいちだ。

埴輪人形《ハニワーレム》の攻撃は、大きく腕を振ったパンチとか、キックとか。

ルトのステータスが足りないのか、結構ダメージをくらってる。

「【回復《ヒール》】！」

リリは治癒士の役割に専念した方がよさそう。僕は魔術で攻撃しまーす。

「ちゃぷちゃぷちゃぷばっしゃーん――【水の玉《ウォーターボール》】！」

このヘンテコな呪文、どうにかしてよ。パーティでいると、余計に恥ずかしい……

でも、効果は抜群だったみたいだ。埴輪人形《ハニワーレム》の頭に水の玉《ウォーターボール》が当たって弾けたら、濡れてドロドロな感じになってる。演出細かいなー。

「うげっ、泥跳ねた……」

「実際に汚れるわけじゃないんだし、気にしないでがんばってー」

ルトって潔癖症？　剣で殴った途端、跳ね返ってきた泥に顔を顰めてる。リリは気にせず応援してるけど。

あ、埴輪人形《ハニワーレム》が乾いてきてる。泥状態だと剣での物理攻撃も効きやすいみたいだから、僕もがんばろう。バンバンと魔術を放つ。

しばらくして、ルトが地を蹴って跳ぶ。気迫のこもった眼差しが、埴輪人形《ハニワーレム》を射竦《いすく》めた。

「――これで、終わりだーっ！」

埴輪人形《ハニワーレム》に振り下ろされた剣によって、泥が四方八方に飛び散る。それと同時に、光が放たれた。

埴輪人形《ハニワーレム》を倒しました。経験値と【粘土《ねんど》】を入手しました。種族レベルが8になりました
水魔術がレベル2になりました。【水の槍《ウォーターランス》】を覚えました

「ルト、お疲れー。はい、【回復《ヒール》】」

リリがルトに声をかける。

「やっと終わったね。リンゴ食べる？」

肩で荒い息をしてるルトに僕も近づく。リンゴは断られた。美味しいのに。

最後の一撃はルトにとられちゃったけど、僕も水魔術をがんばったんだよ。おかげでレベルが上がった。新たに覚えた水の槍《ウォーターランス》は、水の玉《ウォーターボール》より攻撃力が高くて貫通力があるみたいだし、ノース街道で大活躍しそう。

「はぁはぁ……種族レベルが上がったみたいだ。攻撃力にＳＰ《ステータスポイント》振っとこう」

「私も上がったよ。うーん……私も攻撃力かな」

二人はステータス操作中。僕も魔力攻撃力にＳＰ《ステータスポイント》を振っとこう。

埴輪人形《ハニワーレム》は、間抜けな見た目に反して、倒すのがほんと大変だった。

魔術何発当てたっけ？　動きが遅いから必ず当たるんだけど、防御力が高すぎる。

埴輪人形《ハニワーレム》の体力バーが危険域（赤表示）になったところで、周囲から土を集めて盾にし始めたから、さらに倒すのが大変になった。攻撃力を上げて、もっとスピーディーに倒せるようになりたい。

「体力はどんな感じ？」

僕はルトに尋ねた。バトル継続できるかな？

「リリの回復あったから、問題はねぇな」

「そっか。僕も魔力は自動回復あるから余裕あるし、まだ進む感じでいいよね？」

二人から頷きが返ってきた。ノース街道は推奨される種族レベルが高いせいか、もらえる経験値が多いんだ。ここでレベリングして、ソロでも攻略できるように成長しときたい。

「それじゃ、行くか」

息を整わせてそう言ったルトが、再び歩き始める。

さてさて、お次のモンスターはどんなのかな？　できたら魔石もドロップするといいんだけど。

さほど歩かない内に、気配察知スキルに何かが引っかかった。

「お、新モンスター発見！」

「ゴーレム系じゃないのか……」

僕がモンスターを指して教えたら、ルトが意外そうに言った。現れたのはモグラみたいなモンスターだったから、ルトの気持ちは僕もわかる。モグラも土と関わりがある生き物ではあるけど――

「うおっ⁉」

急にモンスターが突進してきて、ルトが慌てて回避した。

さっきの埴輪人形《ハニワーレム》が遅かったから油断してたな。モンスターはルトに避けられた後、すぐに狙いを変えてリリに迫る。

「はうあっ」

咄嗟に僕がリリを庇《かば》って攻撃を受けた。衝撃で変な声が出る。

しかも、ちょっと後退してリリにぶつかっちゃった。「きゃっ」と驚く声が聞こえる。

リリはダメージを負ってないからよしってことにしてほしい。

「【回復《ヒール》】！」

「くっそ、こいつ、ちょこまかと動きやがって！」

しっかりダメージをくらってたルトをリリが即座に回復させた。ルトはモンスターを追って剣を振りまくってる。なんかこういうゲームあったよね。モグラ叩きだっけ？

ルトがモンスターの注意を引きつけてくれてる間に鑑定しよう。

【突進土竜《ラッシュモール》】
土属性モンスター。聖なる地に踏み込む者をどこまでも追いかけ葬る
素早い動きが特徴。土の槍で攻撃する。得意属性【風】苦手属性【水】
『地の果てまで追ってやる……！』

「あ、これ、土の槍を使ってくるみたいだよ！」

教えながら水の槍《ウォーターランス》の準備をし、突進土竜《ラッシュモール》の進行方向に放つ。

――避けられたぁ！　これ、一発の範囲が広い水の玉《ウォーターボール》の方が当たりやすいかも。

「うおっ、と、了解！　リリ、足止めできねぇか!?」

地面から飛び出してきた土の槍をかろうじて避けながら、ルトが叫ぶ。足止めってなんだろう？

「はーい！　すくすくくるるーん――【木の罠《ウッドトラップ》】！」

リリが呪文を唱えて杖を横に一閃。次の瞬間、突進土竜《ラッシュモール》を絡めとるように地面から蔦《つた》が生えた。

「すごーい！　それ木魔術？」

「そうなの。ルトのサポートのために木魔術を育ててるんだよ」

リリが誇らしげに教えてくれた。木魔術がレベル2になると覚えられるスキルらしい。僕も木魔術を育てようかな。

「これでいける！」

暴れてる突進土竜《ラッシュモール》は今にも蔦から抜け出しそうだけど、その頭上からルトが剣を振り下ろしたら、体力バーが半分くらい減った。

埴輪人形《ハニワーレム》と違って、防御力はあまり高くなさそうだ。

「じゃあ、僕も一発」

今度こそ水の槍《ウォーターランス》を当てる。一気に体力バーが弾けとんだ。突進土竜《ラッシュモール》への最後の一撃はもらったぞー。

突進土竜《ラッシュモール》を倒しました。経験値と【鉄のツルハシ】【突進土竜《ラッシュモール》の皮】を入手しました

【鉄のツルハシ】レア度☆

モンスターからドロップするツルハシ

採掘の際に使うと、速度・量・品質が少し上がる。耐久値10

【突進土竜《ラッシュモール》の皮】レア度☆

茶色の皮。鞣して革にすると、生産用アイテムとして使用可能。耐久性が優れている

ツルハシ？　このモグラ、採掘でもしてたんです？　ルトとリリも戸惑ってる。

採掘といえば、レナードさんが、ノース街道を逸れてサクノ山に向かったところでシルバーと石炭が採れるって言ってた。つまり、突進土竜《ラッシュモール》を倒して、もらったツルハシで採掘しろってことかも。

僕がその情報を教えたら、ルトとリリは納得した表情になった。

「採掘できる場所があるって話は初耳だけど、ツルハシがもらえる理由は納得できた。これ、消耗品だろ。採掘する時には、たくさん必要なのかもしれねぇな」

「私、採掘スキルとってないなぁ。でも鉱石は惹かれる。宝石とかあったら、服に使える？」

リリは裁縫士らしい興味を示してる。

「金剛石《ダイヤモンド》なら錬金術で作れるよ」

「欲しい！」

キラキラした目でリリにねだられた。

「石炭か木炭が必要なんだよー」

「つまり掘れってことか」

ルトがそう言って、全員でサクノ山の方を眺める。掘りに行っちゃう？　僕的には凄くありがたいけど。

「さすがに今日は無理じゃない？　あまり街から離れ過ぎたら、死に戻りしちゃうかも」

リリに言われてルトを見る。体力バーが完全回復してない。

回復スキルを重ねがけしてると、ちょっとずつ効きにくくなっちゃうんだって。だから、時々回復薬を使う必要があるらしいんだけど、それが今は希少だからねぇ。

「じゃあ、今回はレベリングして、今後回復薬を手に入れられたら、採掘を目指してみるか」

「そうしよう！」

ルトの提案にリリが頷く。なるほど、安全第一だね。そうなると、僕は一緒に行けない？　でも、この二人と行った方が絶対安全だよなぁ……。

「僕が回復薬買ってくるから、次回もパーティ組んで、一緒に採掘に行きたいな！」

ランドさんに薬草を渡したら、優先的に回復薬を買えるし、僕は役に立つと思うんだけど。ドキドキしながら二人を見上げたら、一瞬きょとんとされた。その後、二人が笑い始める。

「もちろん！　というか、最初からそのつもりだったんだけど。そういえばこのパーティ、臨時だったね」

リリに続いて、ルトも口を開く。

「俺も三人で行くつもりで話してた。回復薬買ってきてくれんのは、正直すげぇありがたい。金はきちんと払うからな」

なんだぁ、僕が変なとこで遠慮しちゃった感じ？

気恥ずかしいけど、嬉しいな。この三人でバトルするの楽しいし。

「りょ！　たくさん買ってくるよ」

手を上げて答えたら、ルトが「よろしく」とクールな感じで笑ってくれた。僕たち、仲良くなってきた気がするね。

「さて、それじゃ、レベリング再開するか。ついでにツルハシ集めるぞ」

ルトがそう言うと、リリがにこにこと笑いながら頷いた。

「はーい。魔石もドロップするといいねー」

僕もリリに合わせて緩く気合いを入れる。

「がんばるー。魔石ドロップしたら買い取るよ。錬金術で魔石を使うレシピ、多いんだ」

「そうなんだ？　それなら、お金の代わりに金剛石《ダイヤモンド》作ってくれたらいいよ」

ニコッと笑って提案するリリを、僕はジトッと見つめる。

「……それ、採掘できないと支払えないじゃん」

「後払いオッケーってこと！」

おしゃべりしながらモンスター探し——するまでもなく現れた。そのぼーっとした顔は、埴輪人形《ハニワーレム》だな！

「最初より早く倒すぞ！」

楽しそうに駆け出すルトを追うように、僕は魔術を放った。水魔術が結構育ちそう！

ルトの体力と僕の魔力が限界になったところで、ノース街道でのバトルを一旦終了。リリとルトはリアルの方で用事があるらしく、慌ただしくログアウトしていった。ということで、今は僕一人。

ノース街道でのバトルの結果、種族レベル10、魔術士レベル5に成長した。ステータスは魔力攻撃力と器用さ、素早さを上げたし、次に行く時は今日より楽にバトルできるはず。

「んー、にぎやかでいい街だよねー」

街中のざわめきが聞こえると、ノース街道から戻ってきたって実感して心が安らぐ。トテトテと歩いて市場を巡りながら、目を細めた。

友だちといるのは楽しい。でも、一人でこの世界を満喫するのものんびりしてて好き。

「今日はお金いっぱい稼げたし、奮発しちゃおう」

ランドさんにはもう薬草を納品してきた。たくさんお金をもらって、懐あったかーい。回復薬の取り置きもお願いしたし、次ログインした時もらいに行かないと。ノース街道でのドロップアイテムも、すぐに使わなそうなものは冒険者ギルドに納品して、お金とギルドポイントを稼げた。

「埴輪人形《ハニワーレム》の相手をするの疲れたし、ご褒美……」

屋台を物色しながら思い出す。

ノース街道では埴輪人形《ハニワーレム》と突進土竜《ラッシュモール》の他にも、土塊獣《クロッドウス》っていう土でできた犬みたいなモンスターとか、土馬《アスホース》っていう馬っぽいモンスターとか、たくさんのモンスターに遭遇した。でも、その中で一番防御力が高くて倒しにくかったのは埴輪人形《ハニワーレム》だ。恐るべし。

意外と、これぞゴーレムという感じのモンスターは出てこなかったんだよなぁ。ノース街道の奥の方とか、サクノ山の鉱石採れるエリアで現れそうな予感がする。

「──あ、これ何？」

屋台のおじさんに話しかける。炭火焼きされてるのは魚かな？　においが蒲焼《かばや》きなんだけど！

僕、うなぎの蒲焼きが大好物だよ。

「お、ちっこいのに、目敏《めざと》いな！」

「小さいのは関係なくない？」

「そりゃ失礼、ガハハッ」

豪快に笑うおじさんである。ムスッとしてたら、「詫びだ」って切れ端をもらえたから許そう。

【灰白魚《アッシュフィッシュ》の蒲焼き】レア度☆
海でとれる灰白魚《アッシュフィッシュ》を蒲焼きのタレにつけて炭火焼きしたもの。満腹度を7回復する
はじまりの街の地元グルメ

「……美味しい！」

うなぎじゃないけど、蒲焼きの味。魚自体が淡白だから、タレの味が際立つ。

「だろ？　甘めのタレが特徴なんだよ」

「ご飯が欲しくなる味つけだね」

「ご飯って米か？　そりゃ、オースとの流通が回復しねぇと無理だ。あの街の米農家ども、モンスターに食われるからこっちに運びたくねぇってゴネてるらしいからなぁ」

お米は案外近場にあったらしい。この街の料理の味つけにしょう油とかの日本の調味料が使われてるから、街の雰囲気に反して西洋ものばっかりじゃないっていうのは気づいてたけど。

お米欲しい。オースって第二の街だよね？　誰か、早くミッションクリアしてくれないかなぁ。

一応、果物屋さんからミッションを受けてるとはいえ、解決法は見つけられてないし。

「そっかぁ……とりあえず、それ五個ください！」

買い溜めです。いつかお米を手に入れたら、蒲焼き丼にするんだ……！

どうせならうなぎも欲しいけど。本物のうな丼食べたい！

「お、ありがとな」

「この辺、うなぎはとれないの？」

「うなぎ……モンスターの美味鰻《デリィール》のことか？　そりゃ、レアもんだな。釣り人がたまに釣り上げるらしいが」

「おお！　釣れるんだね。僕、それをこのタレで焼いて食べたいなぁ」

おっと、想像しただけでよだれが出そう。

おじさんは面白そうに笑って「釣れたら持ってこいよ。調理してやる」と言ってくれた。

これは、釣りしろということだね？　がんばるよ。僕は釣りマスターになる……！

「わかった。釣れたら持ってくるねー」

手を振ってお別れ。したいことが増えていく。今のところ、リリとルトがいない時はフィールドに出ないつもりだし、いろいろやってみよう。

「んー……釣りして、料理もしてみたいなー」

釣りの成果を持ってガットさんを訪ねたら教えてくれるかな。いきなり魚料理は難しい？

「あ、そもそも、海で釣り上げたモンスターとはバトルをするものなのかな？」

おじさんの言ってた感じだと、うなぎは美味鰻《デリィール》っていうモンスターらしい。

モンスターを釣る場合、釣り上げた時点でバトル勝利扱い？　ミニゲームみたいな感じで釣りする？　ヘルプには、釣りは海や川などの水場でできるとしか書いてない。

釣りをするついでに、水魔石もゲットできたらラッキーだ。ノース街道では埴輪人形《ハニワーレム》が土魔石を一個だけドロップしてくれた。魔石のドロップ率、結構低いんだよなぁ。

むむー、と考え込みながら歩いてたら、港のとこまで来てた。ここに来て最初に目にした看板が、すでに懐かしい。プレイヤーの多くは東の草原に行ってるか、ログアウトしてるみたいで、この辺りにはひと気がない。

試しに釣りをしてみようかなって思ったところで、重要なことに気づいた。

「釣りするには、釣り竿《つざお》いるじゃん……」

僕ってバカ。素潜りでもするつもりだったのかな？　しょうがない。今日は海沿いを散歩してからログアウトしよう。ちょうど海に夕日が沈みかけてて綺麗だし。

「こっちは砂浜になってるのかー」

どんどん港から南の方に進んだら、砂浜があった。そこで異世界の住人《NPC》のおじいさんが流木に座って海を眺めてる。何やってんだろう？

「こんにちはー」

「お？　お前さんは――」

「冒険者のモモだよ。おじいさんはここで何してるの？」

「あー……海眺めとる」

見たまんまだった。よく見たら、砂浜に釣り竿とバケツが置いてある。バケツの中身はたぶん海水。魚が釣れなかったのかな？

「おじいさん、お腹空いてない？」

「腹……減ったような……」

この人、大丈夫かな。とりあえず、お腹満たそうか。ということで、さっき買ったばかりの灰白魚《アッシュフィッシュ》の蒲焼きを一個プレゼント。僕もおじいさんの隣に腰かけて食べることにする。

「うまうま」

「懐かしい。昔はよく美味鰻《デリイール》を釣って作ってもらったんだがなぁ」

「おじいさん、美味鰻《デリイール》釣ったことあるんだ!?」

実は釣り名人？　凄い人と会っちゃったかも。

「そうさ。ただなぁ、あいつを釣るにはもう体力がなくて……」

なんか悲しそう。美味鰻《デリイール》釣るのって体力いるの？　もしかして巨大魚？　バトル必須とか？

「僕も釣ってみたいんだけど、釣る時って戦うの？」

「お？　そんなわけないだろう。陸に上がってくるモンスターじゃあるまいし。海に潜るんなら、戦うことになるだろうが」

陸に上がってくる海のモンスターとは戦う可能性があるわけか。でも、釣りにバトル必須じゃなくてよかったー。

「モンスター以外の魚は、モンスターより簡単に釣れる？」

「モンスター以外の魚なんておらんぞ」

凄く不思議そうな顔をされた。この世界の魚はみんなモンスターってことか。なるほどー。

「水魔石をとれるモンスターはいる？」

「あー……この辺りで釣れるもんだと、阿古屋貝《パルオイス》だな。二枚貝のモンスターなんだが、あれは釣り糸を噛み切るから厄介だ。海に潜ってバトルすれば、他のモンスターからもドロップするらしい」

おじいさんは渋い顔をしてる。水魔石をとるのは大変なんだねぇ。でも僕は水魔石欲しいから、がんばって釣ろう！

「――お前さん、随分興味津々だなぁ。釣り、好きなのか？」

「したことないけど、好きになりたい」

のんびり釣りして過ごすのも楽しそうだ。釣れたのを美味しく料理すれば、お腹も満たされる！

「そうかそうか。そりゃいいことだ」

おじいさんはなんだか嬉しそう。頷いた後、にやりと笑った。

「――それなら、わしが釣りを教えてやろうか？」

「え、いいの⁉」

正直そう言ってもらえるのを狙ってました。てへぺろ。

「おうよ。わしの使い古しだがこれをやる。釣りしたい時は、釣《つ》り餌《え》を買ってきて声をかけてくれ。わしは大体いつもここにいるからな。釣り餌は港側の【釣具屋《つりぐや》】で買えるぞ」

おじいさんに釣り竿と釣り糸をもらった。古くてボロいけど、買わなくて済んだからラッキー！


ミッション【釣り名人への道】が開始しました

【釣り名人への道】
モンスターを釣ると、TP《釣りポイント》を獲得する。貯まると釣り人ランクが上がる
ランクが上がるごとに、釣れるモンスターの種類が増える
最初のランクは釣り初心者。最高ランクは釣り名人

今の僕は【釣り初心者】ってなってる。釣り名人になりたいな。

「ありがとー！　僕、がんばるね！」

やる気いっぱい。アリスちゃんへのプレゼント作りと並行して釣りもがんばろう。

★　★　★

おじいさんと話した後、宿でログアウトして翌日。

今日もゲームで遊ぶよ。まだベッドに寝転がったままだけど……このベッド寝心地よすぎ。ログアウトのためだけに使うのもったいない。まぁ、宿でログアウトすると、満腹度が減少しないっていう利点はある。ログインしてすぐ死に戻りするのは怖いもんね。

「うーん……ゲームの中でまでぐうたらしちゃいそう……」

寝て食べるだけの生活でも、ゲームの中なら太らなーい。なお、リアルの方で体を動かしていないことになるので、ゲームプレイ時間には要注意です。不健康一直線！

「――いや、動きますけども……」

ベッドの魅力に抗《あらが》い、行動開始。

フレンド欄を見ても、リリとルトはログインしてないっぽい。というわけで、フィールド探索はお休みして、今日は釣りをしよう。

ランドさんのところで回復薬をゲットしてから西の港へ。表示を見たら、この港もバトルフィールド扱いらしい。モンスターが出るからかな？

まずは釣具屋さんでお団子みたいな釣り餌を購入。ニョロニョロしたのじゃなくてよかった。虫は苦手です。

「こーんにーちはー」

「モモ、よう来たな」

夕方の時と同じく、砂浜で海を眺めてたおじいさん。異世界の住人《NPC》とはいえ、一日中ここにいるの？　捜しやすいけど、ちょっとシステムっぽさを感じちゃう。

アリスちゃんなんて、最初以来一度も会ってないよ。どこで遊んでるんだろう？

シークレットエリアの地図をプレイヤーに渡すために、街中のいろんなところに出没してる疑惑。フレンド欄から連絡を取れれば、どこにいるかわかるんだろうけど。

「早速釣りを教えてもらいにきたよ」

じゃーん、と釣り餌を見せたら、おじいさんは満足そうに何度か頷く。そして、「じゃあ釣り場に行くかの」と腰を上げた。ここじゃ釣れないのかな？　とりあえず黙ってついていこう。

おじいさんはどんどん海沿いを南へと進む。これ、サウス街道の方に出ちゃわない？　あそこってデバフ使ってくるモンスターが現れるんだよね？

心配だから、フィールド情報をよく見ておこう。サウス街道って表示が出たら、即回れ右だ。

「今日はこの辺りがよさそうだ」

おじいさんが立ち止まったのは、まだ西の港って表示されてるエリアだった。

よかったー。おじいさんは戦う装備じゃなさそうだし、万が一の場合には僕が守りながら戦わないといけないのかなって戦々恐々《せんせんきょうきょう》としてたんだ。僕、まだそんなに強くないのに。

「日によって釣れるポイントが違うの？」

「ああ。釣りに慣れてきたら自然とわかるようになるぞ」

「へぇ、スキルを上げるってことかな。それとも釣り人ランク？」

「スキルじゃな。確か……レベル2になると釣れるモンスターの気配を察知できるようになるはずじゃ」

いい情報をもらった。今日の目標は釣りスキルのレベル上げとモンスター獲得だね。釣れたらガットさんにお料理教えてもらうんだー。

「わかった！　ここで釣り糸垂らしたらいいの？」

釣り竿に釣り糸と釣り餌をセット。これ、実際に作業しなくても選択するだけで完了だから楽。実際の釣りもこうなら、初心者でも楽しみやすいんだけどねぇ。

「思いっきり遠くに投げてみるといいぞ。この辺りの近場は、ゴミやら痺海月《ビリクラゲ》がかかりやすいからな」

「ゴミはともかく、痺海月《ビリクラゲ》って気になる……」

「触ったら痺《しび》れるモンスターじゃ。釣ってもいいことはない」

なんかちょっと引かれてる気がする。でも未知のモンスターって気にならない？　それに麻痺耐性が得られる予感もする。

「――遠くに投げても痺海月《ビリクラゲ》が釣れることがあるから、わざわざ狙わんでいい」

「あ、そうなんだ。了解でーす」

確かに、今日の目的は食べられるモンスターだからね。おじいさんに重ねて止められたから、素直に遠くに投げます。どれくらいでモンスターがかかるかな？

――そんなことを思ってたら、すぐに釣り糸を引かれる感覚があった。やばやば。海に引きずり込まれそう……！

「ふぎゃー！　この引き、強すぎるー」

「お前さん、軽そうだからな。物理的な力が足りとらん」

釣りには物理攻撃力が必要という疑惑が発生。でも、僕の体力がジリジリと削られてはスキルで自動回復してるみたいだから、体力勝負でもあるっぽい。

「僕、物理攻撃力上げてないよー。初期人間並み……あ、そうだ！」

閃きました。物理攻撃力は今どうすることもできないけど、僕にはスキルがあるじゃん。

「――【飛翔《フライ》】！」

「お!?　お前さん、空飛べたのか」

地面を蹴って海と反対方向に飛んでみた。飛翔《フライ》の推進力は、魔力攻撃力と素早さに依存してるみたいで、ステータスが高くなると、飛ぶ速度が上がるんだよね。物理的な力より、僕はこっちの方が使える。

ジリジリと海へと引かれていたのが止まった。むしろ陸地へと引っ張り返す。釣り糸が切れたら嫌だなぁ。反動で勢いよく飛んじゃいそう。

「まだ!?」

「あと少しじゃぞ」

うぐぐっ。海の方を見る余裕はないけど、結構引けてるっぽい。がーんばーるぞー!

「ぬぅっ……はうあ!?」

急に引きが軽くなったと思ったら、ちょうど飛翔《フライ》の効果が切れて、顔面から砂浜に着地してしまった。気分的に痛い……でも、ちゃんと釣れたみたい。

「おお、金鯵《ゴールデンアジ》じゃないか。初めてにしては筋がいいぞ!」

僕と一緒に砂浜に転がってる魚系モンスターは、元気いっぱいにビチビチしてる。鮮度いいね。僕の頭くらいのサイズで、食べごたえがありそう。それ以上に気になるのが、めちゃくちゃ金色ってことだけど。金貨かな、って思うくらいキラッとしてる。

【金鯵《ゴールデンアジ》】

砂浜で釣れるモンスター

金色に輝いた姿は【真鯵《リアルアジ》】の中でも最高峰に美しく、別種として扱われる

海の中では矢のような勢いで泳いで突進してくる。脂がのっていて美味しい

鑑定したら、バトルした場合の情報まで出てきた。

海に潜ってたら、こいつが突進してくるんだね。怖い。でも、今は関係ないので、美味しいという情報さえ得られたならオッケー。釣りを続けるぞー。

釣れた金鯵《ゴールデンアジ》をアイテムボックスにしまおうとしたら、おじいさんにバケツを差し出された。

「そのまま入れたら、すぐいっぱいになってしまうだろう。モンスターの一種類でアイテムボックスの一枠を使ってしまうたらもったいない。バケツに入れときゃ、数種類でも一枠で済むぞ」

「マジか。凄い裏技を聞いちゃった」

バケツには魚系モンスターが十四まで入るんだって。しかも大きさ問わず。だから釣具屋さんにバケツとかクーラーボックスとかがたくさん売ってたのか。これって薬草とかにも使えるのかな？

おじいさんに聞いてみたら、まとめて一枠に突っ込めるものは他にもあるらしい。

薬草は麻袋《あさぶくろ》に入れたら、品質に関係なくアイテムボックスの一枠にしまえるんだって。収納スペースの確保に便利だ。

「これ、リリたちにも教えてあげよう」

やることリストにメモしておいて、釣り再開。次のモンスターは何かな？

でも、しばらく待ってみても、全然かからない。

「釣りは待つのも大切だ」

おじいさんが近くの流木に腰かけてのんびりお茶をすすってる。

確かに、釣りは待ち時間さえ楽しむもんだよね。これぞ、スローライフ……？

「暇だから、友だち呼ぼう」

使ってなかったスキルを思い出した。

【召喚】スラ君！」

緑の光の後に、スラ君が現れる。一瞬『ここどこ？』って感じになったの、面白い。

「初召喚してみましたー。釣りしてる間の相手をして」

スラ君が『りょ！』という感じで体を揺らす。なんか見てて癒やされる。五分しか呼べないのが残念。再召喚に一時間かかるのもなぁ。

「なんじゃ、お前さん、モンスターの使役《しえき》ができるのか。旅人《プレイヤー》にしては珍しいのぉ。だが、モンスターがモンスターを使役……？」

そこは突っ込まないのがお約束です。というか、おじいさん、テイマーの存在を知ってたの？この世界だと一般的な職業なのかな？　その割には、街で見かけたことないけど。

「テイマーの知り合いがいるの？」

「わしの息子がそうじゃ」

なんと。まさかこんな近場に関係者がいるとは。

おじいさん曰く、テイマーはこの世界でもあまり多くないらしい。

それでも、息子さん――モンハさんという人は、モンスターと仲良くなりたいと言って家を飛び出して修業に明け暮れ、長い時をかけて国一番のテイマーになったそうだ。

「国一番って凄いね！」

「凄いじゃろ。執念じゃ。あの子は本当にモンスターが好きだったからの」

「ちなみに、なんのモンスターが一番好きだったの？」

「王鮪《キングマグロ》じゃ」

軽く聞いてみたら、思いがけない返事があった。そういえば、魚もモンスターだったね？

「……それ、食べないの？」

「わしは釣ってたし食ってたな。あの子は食わんかったし、それで大喧嘩して家を出てしもうた」

おじいさんに哀愁《あいしゅう》が漂ってる。モンハさん、家出したのか。その気持ちはわからないでもない。

だって、僕もスライムキングやスラ君と仲良くなってから、スライムと戦う気はなくなっちゃったもん。愛着湧くよね。

「釣ったら即食料アイテムになるんだよね？　釣った時点で、モンハさん的にはアウト？」

「そうなんじゃろうなぁ。他のモンスターならあの子自身も食ってたが、王鮪《キングマグロ》は……」

悲しみは深そう。国一番のテイマーになった息子さんは誇りだけど、だからこそ仲良くなれる道が見つけられないいんだね。そこまで考えてふと気づく。

おじいさんは腕のいい釣り人っぽいのに、一日中海を眺めるだけで釣りをしてないのって、それが理由では？　体力の問題じゃなくて、息子さんと仲違《なかたが》いする原因になった釣りができなくなったんじゃないかな。

握ってる釣り竿を見る。釣りをするのって楽しい。おじいさんもきっとずっとそう思ってたはず。それなのに、楽しめなくなっちゃうなんて、悲しいなぁ。

「……モンハさんはどこに住んでるの？」

「第三の街キーリじゃ。そこで、テイマーの指導をしとる」

「そうなんだ。じゃあ、僕、いつか会ったら、おじいさんが会いたがってたよって教えるね」

おじいさんは目を大きく見開いた。その目に滲む感情は複雑で読み取れない。

「……ありがとう。息子は気にしないと思うがな」

「そうかなぁ？　案外、モンハさんも気にしてるかもよ」

親と仲違いしたままなんて、すっきりしないいんじゃないかな。

「そうだろうか……それより、お前さんも、テイマーになれる素質があるんなら、息子に教えてもらうといい。わしが紹介しても意味がないじゃろうが、一応、住んでいるところは教えてやろう。わしの妻と息子は、死に別れるまで連絡をとっていたようで、住所を知ってるんじゃ」

奥さんが亡くなってることまで知っちゃった。複雑な気分で、おじいさんからメモを受け取る。


【テイマー・モンハ】の住所を入手しました。ミッション【テイマーへの道】が開始します

【テイマーへの道】
第三の街にいる国一番のテイマー・モンハの住所を手に入れると開始する
テイマーになると完遂

まさかの転職を勧められてる……？　いや、転職するかどうかは自由なんだろうけど。

マップ上で未知の空白状態になっているところに、赤い点がついてる。そこがモンハさんの家があるところらしい。第三の街はまだ遠いなぁ。

いろいろと確認してたら、軽い衝撃が襲ってきた。

「うわっ、スラ君、なに⁉」

飛びついてきたスラ君が、必死に海の方を指してる。次の瞬間、勢いよく釣り糸が引かれた。

「――ふあっ、さっきより重いー！」

砂浜に線を残して引きずられる。飛翔《フライ》を使わなくては……！

「きゅぃっ」

「へっ、スラ君も一緒に引いてくれるの？」

飛ぼうとしたところでスラ君に掴まれる。そして、海とは反対の方に引っ張ってもらった。力持ち！

「こりゃ、凄い引きだなぁ。次は何が釣れるか……」

のんびりとした口調でワクワク待ってるおじいさんも、手伝ってくれていいんだよ？

ちょっぴり不満に思いながらも、スラ君と協力して引く。絶対釣り上げてみせるんだ！

一進一退がしばらく続いた。これはスラ君の召喚時間が限界になる方が先かな？

そう考えていたところで、スラ君が動いた。僕の側を離れたと思ったら海に近づいてる。

飛翔《フライ》を使って飛んで釣り竿を引っ張りながら、その様子を観察。何をするつもり？

「うおっ⁉」

スラ君が海に触れた瞬間に、その体が勢いよく膨れ上がっていった。海水を吸い込んでるんだ。スライムってこんなこともできるんだね。ところで……モンスターも吸い込んでない？ なんとなく、スラ君の透明感のある体の中を泳いでるものがいるような。

ちょっとずつ釣り竿が軽くなっていく。スラ君が海水を吸い込む勢いで、海に陸地側への流れができてるんだ。たぶん、針にかかってるモンスターも流れに巻き込まれてる。

スラ君がここまでがんばってるんだから、僕も気合い入れなきゃね！ 地面を蹴って、再び飛翔《フライ》を発動。引くぞー。

「とりゃあ！」

しばらく引いてたら、唐突に抵抗がなくなった。僕たちの勝利？

振り返ると、銀色の魚系モンスターがキラリと光を反射しながら青い空を飛んでるのが見えた。

かなり大きい。ドシン、と衝撃を伴って砂浜に落ちた後も、モンスターは海に帰ろうとするように暴れてる。これ、近づいたらダメージをくらいそう。

【暴鱸《アバレスズキ》】
海で釣れるモンスター。体力があり、海の中で暴れ回る
噛みつき攻撃で小さなモンスターは一撃必殺できる

スズキ、通称シーバスかー。大きいのも当然だよね。食べごたえあって美味しそう。

「きゅぴ……」

「スラ君、お疲れさま～。助かったよ、ありがとう」

膨れ上がったスラ君が、噴水のように海水を吐き出した。おお、虹ができてる！

……その虹を背景に、時々海藻やモンスターが飛び出てくるのが、なんとも言えずシュール。

砂浜にはたくさんの海藻やモンスターが落ちてきた。さすがに、スラ君が吸い込めたモンスターは、比較的小さいのだけみたいだ。愛鱚《メデキス》っていうのと、大沙魚《ラージハゼ》っていうのは美味しそう。

愛鱚《メデキス》はそのまんまキスっぽい感じ。大沙魚《ラージハゼ》もちょっと大きめなハゼそのもの。天ぷらにしたら美味しそうだなー！

ようやく海水をすべて排出し終えて、最初通りの大きさに戻ったスラ君が近づいてくる。

「きゅぃ」

どこから声が出てるのかな？　スラ君はじぃっと暴鱸《アバレスズキ》を見てる。きっと食べたいんだろう。

バトルフィールドでこれを食べる時は、スラ君を召喚するね。一緒にがんばって釣ったんだし。美味しいものは仲間と分け合ったらさらに美味しくなるはず！

「――あ」

召喚の限界時間が来たのか、スラ君が光を放って消えていった。うぅ、寂しいよー。また、再召喚可能になったら呼ぶからね。

「ほれ、傷《いた》む前に収納せい」

「感傷的になる暇もない……」

おじいさんに促されて、暴鱸《アバレスズキ》をバケツに放り込んでからアイテムボックスにしまう。さすがに砂浜だと長生きできないのか、暴れ方が弱くなっててよかった。

それにしても、この巨大なものがあっさりとバケツに収まる光景は不思議な感じがする。愛鱚《メデキス》と大沙魚《ラージハゼ》は数が多いから直接アイテムボックスに収納だ……それぞれ三十匹超えてるんだけど。一匹ずつ釣るのがちょっと馬鹿らしくなるくらい大量！

「まだ餌はあるようじゃな」

「うん。もっと釣るよー」

「あっちの方に投げてみるといいぞ」

これまでより左手側の方を指し示された。なるほど、最良の釣りポイントって、少しずつ移動してるんだね？　おじいさんに釣りを教えてもらえてラッキーだ。

早速投げてしばらく待つ。次は何が釣れるかな。


結局、今日ログインできる時間いっぱい釣りを楽しんじゃった。だって、リリとルトがログインしてこないんだもん。釣り楽しいし。

一時間経って、再召喚したスラ君にも手伝ってもらった！　スラ君のはもはや、地引《じび》き網漁《あみりょう》みたいな感覚がある。

そして、本日の釣果はこちら！

【金鰺《ゴールデンアジ》】×2、【真鰺《リアルアジ》】×13、【暴鱸《アバレスズキ》】×3、【愛鱚《メデキス》】×87、【昆布鯖《コブジーサバ》】×14
【大沙魚《ラージハゼ》】×76、【痺海月《ビリクラゲ》】×99、【粘海藻《ネバウィード》】×99

ふはは、大漁だ！　昆布鯖《コブジーサバ》は昆布締めされた感じの味がするって鑑定結果だった。凄く生態が気になる。生きた状態で昆布風味に味つけされてるとか不思議じゃない？

そして、痺海月《ビリクラゲ》と粘海藻《ネバウィード》が大量です。スラ君がたくさん吸い上げてたから。痺海月《ビリクラゲ》が落ちてる砂浜は危険地帯でした。落ちてるものを収納しようと歩いた瞬間に触っちゃって、すぐに麻痺状態。持続時間は短かったけど。何度も触っちゃって、いつの間にか麻痺耐性をゲットしてた。粘海藻《ネバウィード》はネバネバとした粘液を纏った昆布みたいな海藻。あんまり触りたくなかったけど、もったいないからせっせと回収したよ。何かに使えるかな？

「糸が切れちゃったなー」

「次釣る時は自分で買ってくるんだぞ。もう釣りポイントもわかるようになったじゃろ？　お前さんはもう、釣り人初級者じゃ！」

釣り糸は切れちゃったけど、釣り人ランクが上がったのです。あと、釣りスキルもレベル３になって、もう独り立ちできるみたい。

モンスターが釣れるまでの待ち時間をおじいさんと話して過ごすの楽しかったんだけどなぁ。

「うん、おじいさんが教えてくれたおかげだよ。ありがとう。また一緒に釣りしようね！」

第四章　心を込めて贈ります

釣り三昧の翌日。ログインして、リリとルトの状態を確認――お、二人もログインしてるみたい。一緒にノース街道に行けるかな？　でも、連絡したら、入れ違いで休憩をするって返事だった。二時間くらいで戻ってくるらしい。後で会う約束をしてから悩む。待ち時間で何をしてよう？

「あ、料理する？　上手くできたら、二人に魚料理を振る舞えるし」

友だちに食べてもらうと考えたら、やる気が増した。ガットさんに料理を習いに行こう！

宿の隣の店、酔いどれ酒場はガランとしていた。鍵は開いてるから人はいるっぽい。まだ昼前だから、酒場の営業はしてないんだろう。

「こんにちはー」

「おや、モモ。どうしたんだい？」

「ガットさんいますか？　お料理習いたい！」

穏やかな笑みで歓迎してくれたレストさんに聞いてみる。ガットさんは調理スペースにいるらしい。今は時間があるから、料理を教えてもらえるはずって言ってくれた。ラッキー。

調理スペースに移動したら、作業をしていたガットさんが顔を上げた。

「お、肉の納品か？」

「違うよ。料理を教えてもらいたいんだ」

調理台の傍の椅子に飛び乗って、作業を観察。ガットさんは野菜の下ごしらえをしてたようだ。熊みたいな大柄で豪快な感じなのに、作業は凄く丁寧。

「もちろん、いいぞ。だが、何を作るか……」

「魚料理って教えてもらえる？」

「魚？　今日は仕入れてないな」

「僕が釣ってきた！」

ふふん、と胸を張って、調理台の上に漁獲物《ぎょかくぶつ》を取り出して自慢。大漁だったのです。

「お、凄いな。金鯵《ゴールデンアジ》までいるじゃねぇか」

「やっぱ、それってレア物？」

「ほどほどにとれねぇ。美味いのは確実だ」

どっちだよ。まぁ、美味しいならそれでよし。

「モモは錬金術士だったよな？」

「うん、それが何？」

「料理の下ごしらえは錬金術でできるはずだ。錬金術のスキルを上げるついでに、料理スキルまで手に入れられるかもしれん。やってみたらどうだ？」

錬金術のオールマイティー設定は料理にも及んでるらしい。専門スキルも得られる可能性があるとか最高じゃん。やらないわけないよ。

「あれ、でも、レナードさんは、専門外の錬金は難しいからって、まだ教えてもらえなかったんだけどな……」

そのせいで、自力で回復薬作れないんだもん。料理には関係ないのかな？

「下ごしらえは、各職業で共通した技能だからできるはずだ。裁縫士の皮鞣しとか、薬士の薬草粉《やくそうふん》砕《さい》とか。錬金術でやっても品質への影響は出ないはずだぞ」

なるほど。それなら安心して錬金術使えるね。

錬金玉と錬金布を取り出して、いざ錬金。レナードさんがいないとこで錬金するのは初めてだなー。これからは、釣りの待ち時間とかに釣れた魚の処理をしようっと。

「錬金布にお魚を載せて――お、【真鯵《リアルアジ》（三枚おろし）レア度☆】の表記が出てきた！」

錬金成功率百パーセントだって。お魚は錬金布に載せようとした瞬間に、人間の手の平くらいの大きさのフィギュアみたいになった。大きなお魚は錬金布に載せきれるのかなって、ちょっと心配だったんだけど、問題なかった。他の素材も大きなものはこうなるんだろうな。

「へぇ、錬金術士って、そうやって作業すんのか」

「そうなのです――では、【錬金スタート】」

あっという間に、三枚おろしにされた切り身ができた。楽！　でも、まるごと使いたい時はどうするんです……？

しっかり検索してみたら、処理方法も色々選べるんだってわかった。鱗《うろこ》を取るだけっていうのもできるみたい。料理の可能性が広がるー。

下ごしらえした魚をまな板に移すと、実物大に変わった。錬金布の上だけが特殊空間らしい。

「三枚おろしなら、そのまま刺し身にするといいぞ」

ガットさんが包丁を渡してくる。僕が使うには大きくて、剣みたいになってる。

両手で握って、ガットさんが教えてくれる通りに、魚の切り身に包丁を当てると——一瞬で見慣れた刺し身状態になった。お皿まである。

「ふえっ!?　どういうこと？」

「そういうもんだ。頭の中でのイメージが大切だぞ」

「……錬金術と似てるね」

イメージで検索する錬金術と、イメージで調理する料理。このゲーム、脳内で繋がってるだけあって、そういうところの読み取りが上手いようだ。

「初料理だろ？　食ってみろ」

「お腹が空いてたし、嬉しい！」

しょう油を出してもらって、いざ一口……と食べる前に、鑑定しなくちゃ。

【真鯵《リアルアジ》の刺し身】レア度☆
錬金術を駆使して作られた生魚の切り身。ぷりぷりで美味しい
満腹度を10回復する

美味しい保証いただきました。ということで、実食。

「――うまっ！」

しょう油につけた時からわかってたけど、凄い脂のりだ。身が引き締まっててぷりっぷりだし。味は新鮮なアジそのもの……ダジャレじゃないよ。

「料理って結構簡単だろ？」

「でも、その包丁がなくちゃいけないんでしょ？」

気になったので包丁を鑑定してみた結果がこちら。

【優れた料理人の包丁】レア度☆☆☆
料理スキルのレベルを1上げる包丁
スキルがない者でも料理人同様の料理を作れる
これであなたもなんちゃって料理人！

「それはそうだが。使ってたら、料理スキルも覚えられるはずだぞ。この包丁はやれねぇが、スキルを得られるように、とにかく切りまくれ。スキルを覚えたら、他の調理方法もしやすくなるからな」

「マジか。それはがんばる」

ここで料理スキルを覚えるしかないよね。

僕は希少種だからか、人の姿の種族みたいに料理はできないらしい。普通の人だったら、現実同様に料理してたらスキルが得られるらしいんだけど。僕、包丁を握るのも両手だからなぁ。

初めて、この種族でのデメリットが見つかった。でも、それを上回るくらいメリットがたくさんあるから落ち込まないよ。包丁使って料理スキルを覚えさえすれば問題ないみたいだし。

「——続いては昆布鯖《コブジーサバ》を……」

魚を次々と取り出して、錬金術で下ごしらえをしては包丁を使って切る。もはや流れ作業だ。こういう地道なの結構好き。無心になれるんだよね。

結果、錬金術士レベルが2になって、錬金術基礎のスキルが錬金術初級に変わったし、料理スキルをゲットしたぞ！

スキル【料理】レベル1
料理の品質が向上する。【切る】【焼く】【煮る】【揚げる】の工程がスキルで可能

「やっぱ、異世界から来たやつらって、技術の上達が早いんだな」

「そうらしいね。それで、次はどうしたらいいの？」

「んー……刺し身ばっかりじゃ飽きるし、いろんな調理法をしてみるか。料理の基礎スキルに【焼く】【煮る】【揚げる】ってあるだろ？」

「うん。でも、スキルを魚に使おうとしても発動しないよ」

「当たり前だろ。焼くにはフライパンとか網とかがいるし、それは煮たり揚げたりする時も一緒だ。スキルを使うにしても、料理用の道具を揃えなきゃならん」

なるほど。今は借りるけど、早い内に買い揃えなきゃ。

フライパンの上に真鯵《リアルアジ》を載せて、【焼く】スキルを使ってみる――おお、砂時計マークが出た。完成まで五分かかるらしい。

「これ、味つけはどうなってるの？」

「作る時にイメージすると塩味になる。それ以外の味つけは、調味料を振ってからスキルを使うんだ。材料がたくさんある場合も同じ。全部調理道具に入れてからスキルを使う」

「わかりやすいねー。調味料も揃えなきゃ」

いろいろ作ってみたい気分。魚が焼けるにおいでテンション上がってるからかな？

「ほら、こっちには鍋があるから、煮るのと揚げるのも試してみろ。今回はここにある調味料を使っていいぞ」

「はーい、がんばります！」

たくさん料理ができる予感。リリとルトにも喜んでもらえるといいな！


料理が終わったところでリリから連絡が来たので、北門に向かう。

アイテムボックスにたくさんの食料が入ってるからか、気分はなんだかピクニック。ノース街道ではバトル必須なんだけどね。

食料は魚系モンスターと同様に、まとめて保存できる【食料《しょくりょう》ボックス】っていうアイテムがあった。

【食料ボックス】レア度☆
五種類の満腹度回復アイテムを、各種五十個までまとめて保存できる

食料ボックスはアイテムボックスの一枠に収納されるから、収納領域の節約になる。

ガットさんが使ってない食料ボックスを売ってくれたから、料理を全部しまえた。作り過ぎちゃってどうしようって思ってたんだよね。

「——あ、モモ、こっちこっち！」

リリが手を振って呼んでくれた。辿り着いた北門は、前回と違って結構にぎわってる。プレイヤーが続々とノース街道に進んでるみたい。

「リリとルト、おひさー」

「言うほど久しぶりじゃないだろ」

ルトはクールな返答である。感覚的には久しぶりな気がするんだけど、僕だけ？

リリは「モモは相変わらずもふもふだねー。かわいいー」とにこにこ笑ってた。ゲームの仕様が変わらない限り、僕はずっともふもふです。

「人多いし、さっさと進もうぜ」

「おっけー。でも、なんで急にこんなに増えたんだろ？」

ルトからのパーティ申請を受け入れて、ノース街道を進む。

東の草原の混雑具合よりはだいぶマシだけど、随分と人が増えた。ガラガラな頃を知ってるから、なんだか違和感がある。初期装備の人が多いから、まだレベルが10になってない人ばかりな感じ。初期装備は、使えるのがレベル10までだから。

「草原狼《プレアリーウルフ》を一体でも倒しとけば、死に戻りしても、低確率で牙が入手できる仕様に変更になったらしいぜ」

「そうなんだ？　確かに、次々仲間を呼ばれて死に戻るから大変だったたんだもんねぇ」

ルトは掲示板での情報収集を怠っていないらしい。僕もした方がいいんだろうなぁって思うけど、遊ぶのに夢中になって忘れちゃうんだ。

それにしても、運営さんは東の草原での混雑に即座に対応するなんて、仕事が早いね。それくらい苦情が来てたのかもしれない。お疲れさまです。

「――あ、二人とも装備変えたんだね」

ふと気づいた。前回までほぼ初期装備だった二人が、しっかりとした装《よそお》いになってる。

リリは治癒士らしい、白を基調とした服にゴールド系のブレスレット、白い杖を持ってる。

ルトは対照的な黒を基調とした服にシルバー系のブレスレット、緑の鞘つき剣を佩《は》いてた。

「前回のバトルで入手したアイテム売ったら所持金が増えたからな。ちょうど制限レベルになって、装備変えないといけなかったし」

「これ可愛いでしょ？　街で売ってたんだー。ほんとは自分で作りたかったけど、まだ材料が集まらないからねー」

くるっと回って装備を見せてくれるリリに拍手して「似合ってるー」と返す。ルトが「女子会かよ」とぼそりと呟いた。

褒め言葉は気軽に言えて関係を良好にする素晴らしいものだし、ルトも照れずに言ってこう！

「二人も装備を整えたなら、どんどんレベリングできるね」

「おう。でも、今日の目的は採掘な」

ルトの言う通りです。ノース街道でのバトルには慣れたし、さっさと進んで採掘ポイントを目指そう。

というわけで、モンスターと戦ってるプレイヤーたちを横目に、駆け足で先へ進んでいく。

みんなが敵の注意を集めてくれるから、バトルなしで進めるよ。これはラッキーと言っていいのかな？

「採掘ポイントはサクノ山の方って言ってたよね？　この辺で曲《ま》がってみる？」

道なりに進んで、プレイヤー数が減ってきた頃にリリが右手側を指す。

岩がごろごろしてる草原のさらに奥には、木が生えた岩場の多いエリアが続いてる。サクノ山って、この島全体がそうとも言えるから、採掘ポイントを絞りにくい。

「行ってみるか」

「うん。体力継続回復スキルかけとくね。――【天からの祝福《アンジュブレス》】」

「ありがと。じゃあ、行こう！」

リリがニコッと微笑んだ。

ルトを先頭にして駆ける。僕は飛んでるけど。

今さら気づいたけど、飛翔《フライ》を使えばソロでもバトル避けて進みやすいんじゃないかな？　でも、滞空可能時間十五秒だと厳しいか……

「お、初めて見るモンスターだぞ」

木々さえ減って、斜面に岩だらけのエリアまで来たところで、ルトが前方に石が組み合わさったようなモンスターを見つけた。これはまさしく――

【ゴーレム】
土属性のモンスター。聖なる地を守っている石のゴーレム
騒ぐ者に鉄槌《てっつい》を下す。防御力が優れている
腕と足を振り回して攻撃する。得意属性【風】苦手属性【水】

「ゴーレムだー！」

最初からこのフィールドにいると予想してたから、ようやくの登場に思わず叫んじゃった。ゴーレムにも水魔術が効くらしい。でも物理耐性が高いから、ルトには不利な状況だろうなー。

「剣折れそうだな……」

ぼやいたルトが、高くジャンプした次の瞬間には、ゴーレムを横から勢いよく蹴ってた。ゴーレムがちょっと揺れる。

「うわっ。何それ？」

「【キック】だよ。体術のスキルも鍛えたいって言って、覚えたみたい」

リリが解説してくれた。なるほど、ゴーレムにはいまいちな効果っぽいけど、戦い方に幅を持たせるのはいい考え方かもしれない。

「僕は変わらず水魔術で。ちゃぷちゃぷぴっしー――【水の槍《ウォーターランス》】！」

「回復は必要なさそうだし、私も攻撃！」

リリは木の玉《ウッドボール》を放つ。水魔術はとってないんだって。初期選択以外で魔術を覚える方法はまだ見つかってないもんなぁ。

「こいつ、でかいだけの的だな」

「防御力は高いから気をつけないと」

油断してるルトに僕は注意した。

ゴーレムは動くのが遅いからどんどん攻撃が当たる。それでも体力を削り切るには時間がかかりそうだ。スキルを鍛えると思えばいいかな。

そんなことを考えながらしばらく攻撃を繰り返してたら、ゴーレムが光を放って消えていった。

一番ダメージを与えたのは僕だ。効果抜群な水魔術を使ってるんだから当然だけど。ルトが敵意を引きつけてくれてたから、ほとんど動くことなく砲台のように魔術を放ち続けられた。

「経験値いいな、ゴーレム」

「うまうまだねー。でも、レベル10を超えると上がりにくくなってる気がする」

レベルアップに必要な経験値が多いです。しょんぼり。

ゴーレム討伐報酬は【硬《かた》い石《いし》】【土魔石《つちませき》】だった。魔石をもらえたのはラッキーだ。

「——もしかして、ゴーレムを倒したら魔石をもらえやすいのかな？　ゴーレム狩りの意欲が高まる……！」

「後でモモに魔石あげるね」

拳を握って気合いを入れ直してる僕に、リリがほのぼのと微笑みかけた。

「ありがとー。でも、裁縫士でも使えるんじゃない？」

「んー、調べてみたけど、魔石を使うレシピって、まだ成功率低いんだよねぇ」

なるほど。それならありがたくもらいます。

錬金術士は魔石を使うレシピでも、成功率高いのが多いんだ。土魔石なら【自動採掘機《じどうさいくつき》】とか。

自動採掘機を使うとツルハシがなくても勝手に採掘してくれるから、採掘中にモンスターが襲ってきてもバトルに集中できるんだって。

「それじゃ、サクサク進むぞ。どうもあの辺りが怪しい。採掘できそうだ」

ルトが前方を指差す。そこには岩でゴツゴツした山肌にぽっかりと開いた穴があった。採掘場入り口って感じ。

ゴーレムを倒しつつ、洞窟の前まで来て気づいた。この中、凄く暗い。入り口は掘れないみたいだし、中に入るしかないのに。

「私、明かり持ってないよ？」

「おっと……忘れてたね」

リリに続いて言いながら、僕は二人と顔を見合わせた。

問題が発生した状況だけど、それより気になるのが満腹度だ。食べかけのリンゴを食べ忘れたから、いつもより減りが早い……！

「──錬金術で松明《たいまつ》を作るから、ちょっと探索休憩にしよう。あと、お腹空いた！」

僕が提案したら、リリとルトが感心した表情を浮かべた。

「対策あったのか。街に戻らないといけねぇかと思った」

「モモ、頼りになるー。じゃあ、休憩しよ。ここ、岩場のゴーレムが近づいてこないエリアみたいだし」

リリに言われて気づいた。エリア表記が【セーフティエリア】ってなってる。ここにいる間はモンスターが襲ってこないんだって。こっちから攻撃したら襲われちゃうらしいけど。

「ふふふ……頼りになるのは錬金術だけじゃないんだよ！　僕、美味しい料理も作ってきたからね！」

落ち着いていられるとなれば、僕の成果を披露するいいタイミングでしょ。

胸を張って言ったら、リリとルトはきょとんとしてる。その顔が笑み崩れるのを見たい！

洞窟前の地面にクッションを三つ置く。それとローテーブルも。休憩の時に使うかなって思って、買っておいたんだ。

　この世界、戦闘に関係ない生活用品はお安いんだよねぇ。いつか自分の家を作って、インテリアにこだわりたいな。

「本格的に休もうとしてやがる。いくらセーフティエリアとはいえ……」

「いいじゃない。景色はいまいちだけど、ピクニックみたいだし」

　呆れてるルトと楽しそうなリリをクッションに座るよう促して、いざ成果披露です。お刺身、焼き魚、煮魚、天ぷら、からあげ、揚げてあんをかけたやつ――色々あるからお好きなのをどうぞ。

　……テーブルがいっぱいだ。ちょっと作り過ぎちゃったかも？

　お刺身の盛り合わせとか、ほんと豪華！

　赤身魚はないのがちょっと残念だけどね。マグロ欲しいなー。白身魚だけどサーモンでもよき。あ、他にいくらとか、ウニとか、エビとか……貝系もいいな。

　欲しいものがどんどん増えていくよ。

　いつか、超豪華な海鮮丼作るんだ！　現実で食べたら数千円しそうなやつ！

「僕、釣りをしてきて魚系モンスターをたくさんとったんだ。そのあと、料理人に弟子入りして、料理スキルを覚えたんだよ。それで、二人に食べてもらいたくて、たくさん作ってきたんだ！」

　目を丸くしてる二人に微笑みかける。そろそろ反応が欲しいんですけど？

「……会った時からわかってたけど、マジでバトル外を満喫してるな」

　ルトはなんで呆れてるの。ゲームなんだから、楽しまないと損では？　バトルだけなんて、ストレス溜まっちゃうよ。

「楽しそうでいいねー。モモの気持ちも嬉しいよ。ありがとう。すっごく美味しそうだね！」

「あ、それは俺も。ありがとな。料理初心者でこんなに作れるなんて、がんばったんだな」

「むふふ、うん、僕がんばった！　ほぼ流れ作業だったけど」

ストレートに感謝されて褒められたら、それはそれでちょっぴり恥ずかしい。でも、嬉しい気持ちの方が大きいから、ニマニマと笑っちゃう。

……あ、そうだ。暴鱸《アバレスズキ》使った料理あるし、スラ君を喚《よ》ぼう。一緒にとったんだもんね。

【召喚】スラ君！」

「きゅぃ！」

今日は登場から鳴くんだね。ちょっとずつ個性が育っていく感じなのかな。

ぷるぷる揺れてるスラ君の可愛さに、自然とにこにこしちゃう。見てて癒やされるなぁ。

「一緒にご飯食べよう！」

ところで、召喚のこと説明し忘れてたけど、二人の反応がないね？　意外と驚いてない？　他にもモンスターと仲良くなった人を知ってるのかな。

「…………って、テイマーのワールドミッションクリアしたの、モモかよ!?」

驚きすぎて固まってただけみたい。

「はーい、その通りです！」

ルトからいい反応をもらったから笑っちゃう。人を驚かせるのも、たまには楽しい。

んでは？

驚いた後は微笑んで受け入れるリリは器が大きい。ルトはもうちょっと許容力を持った方がいい

「最初に希少種ガチャしてる時点で普通じゃねぇよ……」

「そう？　普通にゲームを楽しんでるだけだと思う」

「モモってびっくり箱みたいだねぇ」

「さぁて、みんなで早く食べよう！　スラ君、暴鱸《アバレスズキ》のお刺身あるよ～」

「——すげぇムカつくこと考えられてる気がする」

かった。早く第二の街オースとの流通が回復しないかなぁ。

んだよ。本当はお野菜とかきのこととかも欲しかったけど、この街は農産物が高いから用意できな

ルトがなんか言ってるけど、とりあえず僕は天ぷらを食べよう。これ、大沙魚《ラージハゼ》と愛鱚《メデキス》の天ぷらな

「話逸らしやがったな」

「きゅぃ！」

「美味しい？　よかったね」

嬉しそうに食べてる、というか吸収してるスラ君に頷く。

「リリもお刺身？」

「うん。私はお寿司が好きなんだけど」

「お米は第二の街にあるらしいよ」

「え、本当に⁉　ゲームの中でお寿司を食べられるようになったら、お小遣い節約できるかも」

リアルで食べてるのと同じ感覚で、ここでの料理って楽しめるもんね。すっごく美味しい。お小遣いでお寿司はなかなか頻繁には行けないから、ゲーム内でそういう楽しみを満喫するのはいいいと思う。

「お、ルトはからあげとあんかけかー。揚げ物好きなんだ？」

「魚だけど一番食った気になるだろ。肉料理に近くて」

「魚より肉派か」

「肉は至高」

ルトはお肉崇拝者だった。でも、魚料理に不満はなさそう。

からあげとあんかけはパンに挟んでもいい感じになるように、味つけを濃くしたんだ。ということで、パンも追加。

「――うまっ！　サクッとしてるのに、ジュワッて旨味が出てくる。魚をこんなに美味いと思ったの、初めてかもしれねぇ……」

「これ、街で食べるのより美味しい気がするよ。どういうこと……？　新鮮さの違いとか、あるのかな。料理スキル、思ってたより凄いね」

二人が幸せそうな顔になってる。作った僕も嬉しい。

自分で料理してみて気づいたんだけど、屋台で売ってる料理より美味しいんだよ。鑑定で現れないステータスが存在してる気がする。品質表示があるわけでもないし、なんなんだろう？

僕の全鑑定スキルはまだレベル1だし、レベルアップしたらわかるようになるのかも。

「天ぷら、うまうま」

サクッとした衣の食感の後に、魚の旨味が口いっぱいに広がる。

天つゆの用意はなかったから、塩をちょっぴりつけたけど、なんか大人の味わいって感じがしてたまにはいい。僕としては、甘いタレをたっぷりかけた天丼にするのもいいと思うんだけど。丼もの大好き。お米を早くゲットしたい！

「野菜がないと、ちょっと罪悪感を覚えるね……」

リリが煮魚にも箸《はし》をつけながら呟いた。美味しさで箸が止まらないみたいだね～。よきよき。

ルトはリリに「そうか？」って返してる。日頃の食生活が窺えるね。

「野菜は、第二の街に行ったらお安いんだろうけど。農業が盛んな街らしいから」

僕は果物屋のおばさまから聞いた情報を言ってみた。

「あー、第二の街では俺たちも農地を持てるって噂もあるな」

「農地！　スローライフ、憧れる～」

ルトの言葉に、思わずぴょんと跳ねちゃった。農地で遊びたいな。

「モモはそっち派なんだねー。私はバトルと生産活動を半々くらいでしたいかな」

「俺はバトル」

ルトの意見は聞く前からわかってた。わかりやすいもん。リリは半々かー。

僕はちょっとスローライフの方に傾いてる。自分で育てた野菜を使って料理するの楽しそうだもん。それを友だちに振る舞うのも最高でしょ！

錬金術での生産活動をするにはアイテム収集が必要そうだから、バトルもするけどね。

「あ、農地持てるってことはホームも？」

ふと気づいてルトに聞いてみる。

「パーティ単位で家を買えるって話は聞いた。ソロだと資金面で難しいって」

なんか二人から視線を感じる。僕、普段はソロだもんね。

家買うの難しいのかー。部屋借りるとかはあるのかな？　宿暮らしもいいけど、部屋の模様替えとかして遊びたい。自分の陣地を作るのは楽しいはず。

「お金貯める！」

僕が宣誓するように手を上げて言うと、リリがニコッと微笑んだ。

「無理そうだったら一緒に買おうよ。部屋分ければいいでしょ」

「俺もモモならいいぞ」

目を丸くする。ルトは肩をすくめてるけど優しい表情をしてた。本気で言ってくれてるんだ。

ゲームの中で偶然出会って仲良くなって、まだそんなにたくさんの時間を一緒に過ごしたわけじゃないのに。二人とも優しいなぁ。

自然と緩んじゃう頬を抑えきれなくて、ニマニマとしちゃう。嬉しいんだもん、しかたないよね。

「……ありがとう。もしそうなったらよろしくね」

ソロで買えるように一応がんばるけど、リリたちと共同で家を持つのも楽しそうだな。

「ふふ、モモ、照れてる？」

リリにからかわれて、照れ隠しでプイッと顔を背ける。

「そんなことないもーん」

「わかりやすいやつだな……それで、満腹度は回復したけど、松明はどうするんだ？」

呆れた感じで笑いながらも、ルトが話を変えてくれた。わかりにくいけど優しいんだよなぁ。サクサク攻略を進めたいだけなのかもしれないけど。

あ、スラ君の滞在可能時間が終わっちゃった。五分は短すぎる。早くスキルレベル上げたい。

「松明を作るにはね——」

しょんぼりしながら、錬金玉を取り出す。二人から興味津々な眼差しを感じた。錬金術を見るのは初めてらしい。

以前流し見した時に松明のレシピがあったことは覚えてたけど、材料があやふや。だから改めて錬金玉を触ってレシピを検索する。

「レシピはいくつかあるっぽい。この辺で材料が揃いそうなのは、【木《き》の枝《えだ》】と【草玉《くさだま》】を使ったレシピかな」

「木の枝……」

「草玉……」

リリがちょっと遠くにある木を眺め、ルトは岩の隙間に生えているもこっとした草を凝視。

そうなのです。実は通り過ぎてきた木や雑草からもアイテムが採れるようなのです。僕は材料探しのために周囲を片っ端から鑑定して気づきました。

「……んじゃ、またゴーレムのところに行くのか」

「うーん……あの辺の木だったら、僕が飛んで行けそう」

一番近くにある木を示す。十五秒で届きそうなんだよ。素早さが上がったおかげで、飛行速度も増してるし。レベルアップによる滞空可能時間増加より、ステータスの素早さを上げた方が効率がいい気がする。次ＳＰ《ステータスポイント》もらったら、素早さを上げよう。

「そういや、モモは飛べるんだったな」

「ここまで来る時も飛んでたじゃん」

「俺らと目線変わらなかったから、あんま意識してなかった。戦闘にも役立つスキルだよなぁ」

「人間が飛翔《フライ》スキルを入手できるかは知らないよ？」

ルトに羨ましがられたけど、あげられない。これ、天兎《アンジュラパ》の種族に付属してるスキルだから。

「その小さい羽、飾りじゃないんだよねぇ」

リリがじっと僕の羽を見つめた。

「動くよ？」

パタパタ、と羽を動かして見せる。肩を動かす感覚だ。獣人の尻尾はどういう感覚なんだろう？

「モモは木の枝採集な。リリは万が一の場合に備えて、魔術で援護できるようにしてくれ。俺はその辺の草から草玉を採集する」

「草玉を採れるかどうかは運要素が強いみたいだから、がんばれー」

サムズアップして応援したら、ルトに「なんかムカつくからやめろ」って言われた。

ひどい。これ可愛くない？　親指ほとんど上げられなくて、もふっとした拳状態《グー》なんだよ？

ちょっぴり不満に思いつつ、食べなかった料理やクッション、テーブルをしまって、準備万全。

さて、ひとっ飛びしますか。

「いってきまーす」

「いってらっしゃーい。ゴーレムとバトルになりそうな時は、木魔術で妨害するからね！」

「よろしく！」

飛翔《フライ》は本来助走なしで飛べるけど、あった方がすぐにトップスピードになれる。だから勢いよく走って地面を蹴り、スキルを発動。木のところへ一直線に進む。

うわー、ゴーレムが近づいてきてる。足は遅いから、接近される前にさっさと採集して戻ろう。

無事十五秒以内に辿り着いた木の枝にとまって、採集ポイントを探す。ところどころ微かに光ってるところがあって、そこで採集スキルを使えるんだ。

「お、ここよさそう……」

大きな木の枝をもふ、と触る。途端に木の枝が落下した。

——そのままアイテムボックスに収納されるわけじゃないのかー！　確かに薬草も一旦手の上に載ってたけどね。落ちるのはやめてー！

慌てて追いかけて木の根元へ。ゴーレムが近づいてきてる。

早く回収回収——……よし、一回の採集で五個採れたみたいだし、足りるでしょ。戻るぞー。

一旦木の上に飛ぶ。ゴーレムが幹《みき》を叩いてくる震動を感じた。ギリギリセーフ！

リリに木魔術を使わせたら、セーフティエリアの意味がなくなっちゃう。だから、攻撃は与えないに越したことはない。ルトを加えた三人なら、ちょっと時間はかかるけどゴーレムを倒せる。でも、リリと僕の二人だけだと、盾役がいないもんなー。僕はダメージをあんまりくらわなくても、ふっ飛ばされそうだし。その間にリリが無防備になっちゃうのはダメ。

採集し終わったし、再び飛翔《フライ》を発動。帰りは少し距離が足りなかったけど、がんばって駆けて、無事にセーフティエリアに着けた。

「モモ、おかえり。ちょっとハラハラしたね」

「ただいまー……ちょっとどころじゃないよ。防御力高いって言っても、石で殴られるのは嫌だもん」

ゴーレムって見るからに硬そう。人に蹴られるのも衝撃があったのに、ゴーレムに殴られたらぺちゃんこになるでしょ。それでなくとも吹っ飛ばされること間違いなしだよ。

いくらアクセサリーで後退する可能性が低くなってるとはいえ、僕は小さくて軽いから。

「お疲れさま。ありがとね。ルトはまだあそこ」

リリが結構上の方を指差す。その先を見たら、山の岩を登ってるルトがいた……なにゆえ、そんなところに？

「――近場の草からは【ゴミ】しか採れなかったんだって」

近くで山のようになっていた枯れ草を示しながらリリが言った。

【ゴミ】レア度☆
バトルフィールド内で採集した際に入手することができる。使い道はほぼない

確かに使い道がなさそうだけど、ゴミかー。意外と錬金術に使えるのでは？　と思って受け取って錬金布に載せてみる。

【肥料】レア度☆
農地の収穫量を十パーセント増加させる。ゴミ一つで作製可能

「あ、肥料になるって」

「え、凄い」

ゴミが肥料になるっていうのは、ありがちだけどいいね。

「……経験値稼ぎに錬金しとくか」

肥料はここに捨て置くので、誰か拾ってください。しばらくしたら自然消滅するかもだけど。

ルトの帰りを錬金しながら待つ。リリは僕の作業を眺めて楽しそう。錬金成功した時って、ふわって光の帯が錬金布の周囲を取り巻くから綺麗だもんね。

成功率百パーセントの錬金は単調な作業だったので、時々ルトを眺める。

凄いところまで登ってる。草玉が採れるのは運要素とはいえ、そんなに採れないものかな？

「ルトって、幸運値低い？」

芽生えた疑惑を僕が呟いたら、リリが目を逸らした。

「……バトルにはあんまり関係ないから、たぶん初期値から上げてないと思う。リアルでも低めだし」

リアルでも？　それなら、人間は初期値も低めなんだから、ちょっとくらいＳＰ《ステータスポイント》とか使って上げとけばいいのに。ルト、どんだけバトル脳なの。ちょっぴり呆れた僕の視線の先で、ルトは僕たちの会話も知らずに、岩を登りながら採集を続けてた。

ルトが帰ってきたのは、僕がゴミを全部肥料に変えた頃だった。追加でゴミを渡されたけど、そのままペイッと放り投げる。もう肥料作りは飽きました。

「草玉くれー」

「……ほらよ」

ちょっと気まずそうなルトから草玉を受け取る。

【草玉】レア度☆

バトルフィールド内の雑草からまれに採集できる

様々なアイテムを作る素材になる

奇跡的な一個……一個かぁ。これ、僕が採集に行くべきだったかな？

「松明一個になっちゃうけど」

僕がジトッとルトを見ながら言うと、目を逸らされた。

「……しかたねぇだろ、採れなかったんだから」

「うん、ルトのせいだから、モモは気にしないで」

ルトが黙り込む。時々リリって強いよね。

肩をすくめて錬金開始。料理と肥料作りで慣れたから、ささっと完成した。

【松明】レア度☆
燃やすと周囲を明るく照らす。手で持つアイテム。使用可能時間六十分

見るからに手持ちの松明！　火をつけるには別の手段が必要っていう、原始的なものです。

火魔石とか火打ち石とかがあれば、もっといい松明とかランプが作れたんだけど、材料が限られてるからしかたない。

「ルトの手が塞がったらダメだし、私が持つね」

「おう、頼んだ」

「……僕は最初から数に入れられてなかった？」

小さな呟きだったせいか、自然とスルーされました。僕が持ったら上の方が暗くて死角ができちゃうもんね。頼られなかったことへの不満なんかないよ。ほんとだよ。

「――とりあえず、着火だー」

気分を切り替えて魔術を使う。本来は着火用の魔術があるらしいけど、習得してないから、岩に立てかけた松明の上部を狙って火の玉《ファイアーボール》を放った。

……上手く着火できた！

「すげぇ豪快」

「そういうのありなんだ」

苦笑したリリが松明を拾って掲げたところで、洞窟探索の開始です。

今回もルトが先頭だけど、ほぼ横並び。離れたら暗くて視界が悪くなるから。

「採掘ポイントねぇな」

ちょっと短気なルトに、リリが呆れた感じの視線を向ける。

「まだ入り口近いし。もっと奥じゃない？」

「……はじまりの街のフィールドのクセに、すげぇ手が込んでるよな。普通、最初のエリアってほぼスルー状態になるんじゃねぇか？」

「んー。このゲームは異世界を楽しむっていうのがコンセプトらしいし。普通のゲームより隠し要素が多いのかも」

そんな二人の会話を聞きながら、僕はうんうんと頷いた。

自由度が高いから、僕は寄り道しまくってる。でも、攻略組さえまだ第二の街に到着してないっぽいし、単純に強さを求めて突き進んでもダメなんじゃないかな。

僕たちがのんびりと話しながら進んでる間も、実はモンスターが襲ってきてた。

大きな鋭い牙を持つコウモリのような洞窟蝙蝠《ケイブバット》とか、猫くらいの大きさのネズミっぽい見た目の洞窟鼠《ケイブラット》とか。どれも、ルトが剣の一撃で片づけてたけど。物理耐性はないっぽい。

「あ、見て、光ってる！」

前方に淡い光を発見して、僕は指しながらぴょんと跳ねた。これ、絶対採掘ポイントだ。

「ここ、光ってるところたくさんあるな」

ルトが嬉しそうに呟く。

これまで人が三人横並びで歩いたらいっぱいになるほど狭かった道が、急に広くなった。道というか、広間？　人工的に拓《ひら》かれてる気がする。ところどころにボロいツルハシやトロッコの残骸《ざんがい》らしきものが転がってた。やっぱりここは採掘場跡なんだろうな。

トロッコ用の通路がもっと奥の方まで続いてるけど、とりあえずここで採掘に挑戦。

「いざ、鉄のツルハシの出番である！」

「それ、どういうキャラなんだ」

じゃじゃーん、と鉄のツルハシを取り出して掲げたら、ルトに呆れた顔をされた。ルトの手にも鉄のツルハシ。採掘スキルを持ってないリリは、僕たちの採掘を見守るって。モンスターへの警戒も必要だし、明かり持ちは重要。

「さぁて、楽しい採掘の時間だよー」

「がんばってねー」

リリに応援されて、ルトと一緒に採掘ポイントへ向かう。僕はルトの隣で掘ろう。

鉄のツルハシを構えて、採掘ポイントに打ち込む。途端にガンッと大きな音が響いた。

……僕には厳しい場所です。耳栓《みみせん》が欲しい。

「あ、鉄が採れた」

「俺、石炭」

「僕が欲しかったやつー！」

ふふん、と勝ち誇られた。いいもん、僕も掘るから。

再び鉄のツルハシを振るう。一つの採掘ポイントで、何回か連続して掘れるみたい。

「鉄、石、鉄……石炭！」

【鉄】レア度☆
採掘ポイントで採掘し、入手できる。生産用アイテム

【石】レア度☆
岩石のかけら。採掘ポイントで採掘し、入手できる。生産用アイテム

【石炭】レア度☆
採掘ポイントで採掘し、入手できる。生産用アイテム

石炭やっと来たよ。鉄率高くない？

「石炭の方がレア度低いのかもしれないね」

「それ、暗に、俺の幸運値が低いって言ってるだろ、リリ」

石と石炭ばっかり掘ってるルトが、リリを軽く睨んでる。笑顔で聞き流されてるけど。

幼馴染み二人の微笑ましい会話を聞きながら、僕は採掘に勤《いそ》しみます。たくさん溜めとくんだ。

いろいろな錬金に使えそうだから。

「あ、シルバーも掘れた！」

【シルバー】レア度☆☆
採掘ポイントで採掘し、入手できる。生産用アイテム。高値で売買可能

「そういう金属もあるのか。欲しいな」

「ルトは採れない気がするけど」

「さっきからリリは俺の幸運値をバカにしすぎじゃね？」

不満そうだけど、それなら幸運値を上げたらいいと思う。それでもルトは攻撃とか防御に
ＳＰ《ステータスポイント》を振っちゃうんだろうなぁ。

三人で話しながら採掘してたら、リリが勢いよく洞窟の奥の方を振り向いた。

「っ、モンスターが来たよ！　ゴーレムみたい」

「ここでゴーレムかよ」

慌てて戦闘態勢をとる。奥の方からのっそりと現れたゴーレムの姿に、思わず首を傾げちゃった。

見慣れたゴーレムにそっくりだけど、外で彷徨《さまよ》っているのとはちょっと違うような？

【鉄鉱石《てっこうせき》のゴーレム】
土属性のモンスター。聖なる地を守っている。騒ぐ者に鉄槌を下す
通常の石でできたゴーレムより硬く、防御力・攻撃力ともに優れている
腕と足を振り回して攻撃する。得意属性【風】苦手属性【水】

「鉄鉱石でできたゴーレムだって。普通のより硬いらしいから、気をつけて！」

僕が鑑定結果を教えると、ルトが「げっ」と呻いた。

「マジか……これ、採掘の時の音で近づいてきたんだよな」

「そうだと思う。僕たちがここに来た時には、気配察知できる範囲に敵はいなかったもん」

ルトに応えながら、改めて気配察知でモンスターを探す——うん、今目の前にいるゴーレムしか近くにいないね。

「とりあえず、攻撃する！」

「大きな音を出したら、追加で来るかもしれないよー」

そう言って駆け出したルトに、リリがすぐに注意する。

「うげっ……」

嫌そうに声を漏らしたルトは、そのまま駆けて武器を振った。

「って、それ、鉄のツルハシ！」

僕は思わずツッコミを入れる。そりゃ、採掘してたんだから、手元にあるのはツルハシだけどさぁ。バトルの時は持ち替えようよ。

「しまった――……あ？」

ルトが振り下ろしたツルハシが、ゴーレムの頭に突き刺さり、僅かに砕いた。結構体力バーが削られてる。水魔術ほどじゃないけど、剣術や蹴りよりは随分と攻撃力あるような。

「鉄のツルハシは武器だったの……？」

「予想外な展開……」

首を傾げるリリに続いて、僕も思わず呟く。

鉄のツルハシが採掘用のアイテムであることは間違いないんだけど、もしかしたらゴーレムに対しては特別な効果があるのかも。石を掘れる道具だから、石のモンスターには効く、とか？

鉄のツルハシは、攻撃一発で耐久値がなくなって消滅してる。使い捨ての攻撃手段かぁ。

「――ま、僕は魔術一択だけど」

いつも通り水の槍《ウォーターランス》を発動。さっさと倒して採掘再開するぞー！

しばらくして、やっと鉄鉱石のゴーレムを倒した。石のゴーレムより時間かかったよ。

「経験値おいしいけど、あんまり戦いたくないね……」

リリもちょっとお疲れみたい。木魔術は鍛えられたっぽいけど。

「ドロップアイテムは【鉄】十個と【土魔石】だったな」

「あ、僕は【黒曜石《こくようせき》】ももらったよ」

【黒曜石】レア度☆
透明感のある黒い石。生産用アイテム

「はあ？　なんでモモだけ……」

「幸運値の勝利！」

ふふん、と勝ち誇ってみたら、ルトが苦々しい顔になった。悔しかったら幸運値上げるんだな！

「僕、レベル上がったからＳＰ《ステータスポイント》振るね」

「モモが先に上がったんだねー」

リリに羨ましそうに言われた。きっと二人ももうすぐだよ。

種族レベルが11、魔術士レベルは６になった。魔術士レベルが上がると、魔術系のスキル全般の威力が上がるらしいから、次のバトルはもうちょっと楽になるはず。

ステータスは素早さを上げておこう……そろそろ物理攻撃力も育てた方がいいかな？　でも、僕の体格だとどうしても体術とかって効果小さい気がするんだよねぇ。

「リリはまだ一人で警戒できる？」

僕が聞くと、リリはニコッと微笑んで頷いた。

「任せて、がんばる」

「どうせ音につられてすぐ近づいてくるだろ。洞窟蝙蝠《ケイブバット》と洞窟鼠《ケイブラット》じゃなけりゃ、遅いから問題ない」

確かにルトの言う通りだ。ゴーレムは倒すのに時間がかかるのが厄介なだけで、不意打ちされる可能性は低いもん。

リリに見張りを任せて再び採掘。時々襲ってくる鉄鉱石のゴーレムとバトルしながら、順調に採掘ポイントを消費していく。

鉄、シルバー、石炭などなど、色々と掘れて嬉しい。錬金が捗《はかど》りそうだなー。次は何を作ろう？

アリスちゃんへのプレゼントのためには、サウス街道に行って【チェリー花】を採ってこないと。

「二人はサウス街道には行くの？」

「そりゃデバフ耐性を獲得したいからいつか行くけど」

「まだ状態異常回復は覚えられてないんだよねぇ」

二人はあんまり乗り気じゃなさそう。もうちょっとノース街道でレベリングするつもりらしい。

僕はそろそろサウス街道に挑戦しよう。早くプレゼント渡したいし。

飛翔《フライ》で飛んで行けば、ある程度モンスターを避けられるんじゃないかな？

「なんだ？　モモはサウス街道に用があんのか？」

「うん。チェリー花っていうの、採りたいんだよね」

改めてミッションのことを説明したら、リリが「じゃあ、一緒に行ってみようか」と言ってくれた。

「状態異常くらっても、誰かが動ければカバーできそうだしな。そのチェリー花を採るだけなら、すぐ街に帰れるだろ」

ルトも頷いてそう言う。この二人、優しすぎでは？

「ほんとにいいの？」

「いいよー。結局今回あまり回復薬使ってないし、死に戻りはしないでしょ」

「まだ時間の余裕はありそうだしな」

ということで、ノース街道から帰ったら、サウス街道に行ってみることになった。

「ありがとう！」

「気にしないで。それより、もう採掘ポイントなさそうだけど、奥に進むの？」

リリに言われて、辺りを見渡す。ありゃ、気づいたら掘れるところなくなってた。三人で顔を見合わせてから、肩をすくめる。

「早速南に行くか」

「そうだね。私が持ってる松明も、そろそろ限界が近そうだし」

「それはヤバい……帰る時は瞬間移動できればいいのにねぇ」

サウス街道は、街を挟んで反対側なので、移動が面倒くさい。途中でモンスターを倒したらアイテムと経験値をもらえるとはいえ、ね。

「どっかでそういうスキル出てきそうだよな。今んとこ、風魔術で飛翔《フライ》の可能性があるくらいか？」

洞窟の外に向かいながらルトが言う。

でも、飛翔《フライ》って魔術なのかな？　魔術士としてレベルが高そうなカミラでさえ、滞空する時にそういう魔術は使ってなかったけど。

「転移するのは複合魔術とかじゃない？　基礎の五属性と光闇のどれかを組み合わせた感じで」

「随分と先が長そうだな……」

ルトがため息をついた。リリの発言は一理ある。というか、それ以外で入手できる方法が思い当たらない。もしかしたら、どこかで転移を覚えるためのミッションがあるのかもしれないけど。


話しながらバトルしつつ街まで帰って、南門に到着。ノース街道のプレイヤーが少なくなってたから、予想以上にバトルがあったせいで時間と体力を使っちゃった。回復薬が活躍したよ。

「プレイヤーって多すぎても少なすぎてもダメなんだね」

リリがため息。僕も心底「だよねー」と同意した。

混雑はイヤだけど、モンスターとの連戦も遠慮したいのです。わがままかな？

「モンスターが湧く速度の調整が難しいんだろ。その辺、このゲームは改良の余地があるよな」

ちょっぴり大人なことを言うルトを先頭にして、サウス街道に突入。

サウス街道は草原に一本の街道が伸びてるエリアだ。花が咲き乱れてて、結構綺麗。モンスターがいなければ、ピクニックによさそうな景観。こっちもプレイヤーはいるけど、ノース街道より少ない。そのせいで、すぐにモンスターに見つかっちゃった。

大きな赤い花とヘビみたいな蔦がたくさん合わさったモンスター。物理耐性はなさそう。


【麻痺花《マービーフレア》】

木属性のモンスター。麻痺効果のある花粉と鞭のような蔦を使って攻撃する

いきなりデバフ系モンスターだ。でも、花粉？

「このモンスター、花粉に麻痺効果があるらしいから、触れないように気をつけて！」

とりあえず二人に教える。ルトは攻めあぐねてるみたい。麻痺は嫌だよね。耐性は欲しいけど。

麻痺花《マービーフレア》が大きな花弁を揺らすと、淡い黄色の花粉らしきものが空気中を舞った。

それに対して、僕は水魔術を放つ。

「ちゃぷちゃぷちゃぷばっしゃーん――【水の玉《ウォーターボール》】！」

飛んでいった水の玉《ウォーターボール》が空気中の花粉を飲み込み、麻痺花《マービーフレア》にぶつかる。ダメージはあまり与えられなかったみたい。でも、花粉の拡散を防止できた！　これを狙ったんだよー。

「えっ、そういう感じで対策できるんだ？」

「思いついたから、やってみた」

驚くリリにサムズアップ。発想の勝利です。

「麻痺攻撃がねぇなら、近づいても問題はなさそうだな！」

ルトが剣術で攻撃。ゴーレムに対してとは違って効果が大きくて、満足そう。

「――あ、ちょっと痺れてる……？」

「攻撃した瞬間に、衝撃で花粉が出てたからかも」

すぐに顔を顰めて飛び退いたルトに、リリが教えてた。

なるほど。衝撃を与えても花粉が放たれるのか。それは厄介かも。遠距離攻撃がベスト？

「それじゃあ、弱点の火魔術で攻撃した方がいいのか」

火の玉《ファイアーボール》を放ってみる。結構体力を削れたみたいだけど、思ったほどじゃなかったな。

……水魔術の後だから？　火と水って、どっちが先でも続けて使ったら効果を減少させるのか。

「――それなら、火魔術の連続攻撃だー」

僕が火の玉《ファイアーボール》を投げて、麻痺から復活したルトが剣で攻撃。リリはルトを回復させつつ、風魔術で攻撃。ルトが麻痺して動けなくなってる間に、麻痺花《マービーフレア》の蔦がリリに襲いかかったのはビビったけど、僕が身代わりになって凌いだ。

麻痺は……しないな？　そういえば、僕、痺海月《ビリクラゲ》で麻痺耐性を獲得してたんだった。

そんな感じで戦ってたら、いつの間にか勝利！　デバフさえどうにかできれば、ノース街道のモンスターより倒す時間が短くて済むみたい。

「【痺《しび》れ花粉《かふん》】ゲットしたよ。これ、状態異常回復用の薬に使えないかな？」

手に入れたアイテムを眺めながら、僕は首を傾げた。

【痺れ花粉】レア度☆
特定のモンスターから入手できる痺れる花粉。生産用アイテム
モンスターに投げると、短時間麻痺状態にすることもできる

「可能性はあるな……というか掲示板に情報が出てた。薬士なら作れるけど、レベルが低いと成功率が三十パーセント以下らしい」

「それは残念」

しょんぼりとしながら呟く。錬金術でもまだ薬は作れないんだよなぁ。やっぱり錬金術士のミッションをクリアしてレベルを上げないと。

「それより、モモ、このピンクの花は探してるやつとは違うの？」

リリが近くの草原に生えてる花を指差す。どれどれ？

【チェリー花】レア度☆
淡いピンクの花弁が特徴的な花
薬効はないが、美しく儚《はかな》い見た目から女性に好まれる

「これだよ！　すぐ見つかってよかった！」

一戦しかしてない。こんなにすぐ見つかるなら、一人でさっさと来ても大丈夫だったかも。

「んじゃ、帰るか。バトルより移動に疲れた」

肩を回しながらルトがぼやく。微笑んで「ラッキーだったね」と言ってくれてるリリを見習ってほしいなぁ。

でも、そういうところはルトらしい感じもするし、嫌いじゃない。

「二人とも、僕に付き合ってくれてありがとう！」

全身で喜びを表すように飛び跳ねて感謝を伝えたら、二人とも微笑んで頷いてくれた。やっぱり優しいね。

★
★
★

チェリー花のネックレスを作る素材が揃ったので、いざ錬金じゃー！

ということで、二人と別れ、ログアウトして休憩後、レナードさんの工房に移動。

集中力が錬金結果に影響するかはわからないけど、プレゼントはおざなりな感じで作りたくない。

だから、適度な休憩をするのは大切。

「――いや、別に、俺の工房で作らなくてよかったんだけどな？」

「そうなの？」

レナードさんが苦笑いしてる。

でも、これって初級錬金術士になる試験のようなものなんだよね？　錬金が成功したら錬金術ギルドに推薦状を出してくれるってことは、レナードさんが僕の実力を保証してくれるという形になるはず。それなら、錬金してるところを見せるものだと思ってたんだけど。

「一流の錬金術士なら、作られたものを見ただけで作製者の実力がわかるからな」

「なるほど。なんかカッコいい……」

これ、僕の鑑定に示されてる項目以外にも、なんか要素が隠されてるって暗示してない？　鑑定スキルも鍛えないとなー。でも鑑定スキルって、ひたすら鑑定しまくれば育つのかな。

「まぁ、ここに来たんなら錬金してるところを見せてもらおうか」

レナードさんがニヤッと笑った。凄く試されてる気分。急に緊張してきたぞー？

「お、お手柔らかに……？」

「引くなよ。今のお前ならきっと成功するはずだ」

力強い頷きと共に励まされた。僕らしくいつも通りにがんばればいいってことだね。

「やる気出たよ。ありがと――それじゃあ、作ります！」

作業台に僕の錬金布と錬金玉を置く。そして素材も。

魚の処理と肥料作りで、だいぶこの作業も慣れた。ルトのゴミ採集も役に立つね！

「ほう……石炭もシルバーも、結構いい品質のものだな。ノース街道で、まだこのクラスの品質のものが掘れたのか……」

「でも、普通品質だよ。できたら高品質がよかったけど、これが僕が持ってる中で一番いいやつなんだよね……鉄のツルハシっていう、モンスターが落とすアイテムで掘ったから、多少スキル以上に高めの品質で採れたかも」

アイテムボックスの中には、これ以上に低い品質のものがごろごろしてます。早く採掘スキルもレベル上げたいなぁ。

「鉄のツルハシか。そういや、モンスターを倒すのが面倒だからって、量産品のツルハシを使い始めた頃から、採れるものの品質が落ちたんだったか……？」

レナードさんがブツブツと呟いてる。「錬金術ギルドに報告しよう」って言ってるから、僕の情報は役に立ったみたい。なんか嬉しいな。

そんなことを考えながら、錬金玉をもふっと触る。まずは石炭を金剛石《ダイヤモンド》に変えないと――これは成功率百パーセントだったたから、問題なく錬金完了。問題はここからだ。まず、錬金布の上にチェリー花とシルバー、金剛石《ダイヤモンド》を並べる。そして、錬金玉でレシピを確認。

「あ、ネックレスが錬金可能になってる。成功率九十パーセント……？　むむっ。一発で成功したーい」

初めて百パーセント以外を見た。できるまで作るつもりだけど、チェリー花は一つしか採ってない。

「自分を信じろ」

「うん。魚の下ごしらえと肥料作りで鍛えた錬金術スキルに期待する！」

「……お前は不思議なものを作ってるな？」

なんか戸惑われた。僕も他人から聞いたらそういう感じになると思うから文句は言えない。錬金術のレシピ見たら、結構武器とかアクセサリーとかあったし、みんなそういうのを作りたがるよね。

「成り行きってやつですよー」

何はともあれ、今は錬金術に集中！　僕の思いくらいじゃ、アリスちゃんが込めてくれた心には敵わないだろうけど、一生懸命作るんだ。

錬金布に載る三つの素材。それをじっと見つめて願う。

アリスちゃんが笑顔になるようなアイテムができますように――

「【錬金スタート】！」

唱えた瞬間、錬金布から光が溢れた。白い光は一瞬で僕の視界を奪う。

――光が消えた後には、錬金布の中央に一つのネックレスが現れていた。

ピンク色の透明感のある石でできた桜の花のようなペンダントトップ。チェーンは白く光を反射する繊細なシルバー。大人っぽさと可愛らしさが共存してるデザインだと思う。

「できた！　チェリー花のネックレス！」

【チェリー花のネックレス】レア度☆☆
淡いピンク色の花をモチーフにしたペンダントトップがついたネックレス

鑑定結果もばっちり。嬉しいなー。アリスちゃん、喜んでくれるかな？

僕の錬金玉と違って、特殊な効果はないみたいだけど。

「……ほう？　これはいいお守りになりそうだな」

「え、どういうこと？」

レナードさんが感心した様子で言う。でも、僕の鑑定結果だと、ただ可愛いだけのネックレスだと思うんだけどな……？

「モモは鑑定のレベルが足りないようだな。色々なものを鑑定するといいぞ。あまり街中で人に向けては使わない方がいいが」

「あ、鑑定スキルってそうやって鍛えればいいんだね。マナーも了解！　それより、レナードさんには何が見えたか教えてー」

有益な情報はありがたいけど、今知りたいのはそれじゃないんです。レナードさんの手を掴んで揺すってみたら、少し呆れた感じの顔をされた。子どもっぽいって思われてるな？　別にいいけど。

「鑑定結果には、『作製者の思いにより、装備した者の幸運値が上がりやすくなる効果が秘められている』と書かれてる」

「幸運値……そっか、異世界の住人《NPC》にもあるんだ」

僕がアリスちゃんに笑顔になってほしいって願ったからかな？　僕が錬金玉を作った時と違って、真心が素材として入り込む余地はなかったはずだけど。

「錬金術に限らず、生産作業時の『心』の効果について詳しく調べてみたが、レシピに素材として載ってなくても、心を込めてアイテムを作製したら、低確率でその思いに合わせた効果が上乗せされることがあるようだぞ」

僕が少し首を傾げてたら、レナードさんが微笑みながら言う。

レナードさん曰く、チェリー花を素材に使うと、作製者の思いが効果として表れやすいんだって。そういう素材は、他にも報告されているとか。

さすが自由度が高いゲームって評判なだけある。これからも大切なものは心を込めて作ろう！

「何はともあれ、アリスちゃんが幸せになれるなら、がんばって素材集めて、作ってよかった！」

めちゃくちゃテンションが上がってる。凄い達成感だ。

にこにこと笑ってたら、レナードさんが微笑ましげに見つめてきた。

「モモは優しいな」

「そうかなー？」

「そんなモモに、いいものをやろう」

へ？　僕が首を傾げてると、レナードさんが大きな箱を持ってきた。そして、その中身を作業台の上に出してくれる。

「包装用のアイテムだ。俺は受注生産が主なんだが、時々プレゼント用にラッピングしてほしいって頼まれることがある。そのために、こういうのも用意してるんだ」

作業台の上に、ピンク色の小袋やアクセサリーを入れやすそうな小箱、リボン、シールなどがたくさん並べられた。確かにこれは贈答用の包装だ。

「僕が使っていいの？」

「ああ、弟子への贈り物というほど大層なもんじゃないが。好きなのを選んでくれ」

プレゼントの渡し方は考えてなかったんだけど、包装して渡すのはおしゃれでいいね。しかも女の子が好きそうなものがたくさん！

「んー、ピンクだとくどいかな……いや、でも、この柄《がら》可愛いし……」

ピンクのお花柄の小袋は可愛いし、ネックレスに合っていていいんだけど、シンプルな白の小箱にピンクゴールドのリボンも捨てがたい。大人っぽい印象があるし——

「この小箱とリボンにする！」

「いいのを選んだな」

白の小箱の中にはベルベットのような布が張ってあった。これ、実はお高い箱なのでは？　遠慮なくもらっちゃいますけど。

いそいそと小箱にネックレスをおさめて、リボンを結ぶ——って、難しい！　綺麗に結べない。

「ぐぬぬ……」

「ぐちゃぐちゃになる前に貸せ」

リボンと格闘してたら、レナードさんが代わってくれた。魔法みたいにササッと結んでくれる。しかもただのリボン結びじゃなくて、おしゃれな感じに。

……見た目のワイルドさと全然イメージが違う、っていう感想は言葉にしなかった。失礼すぎるからね。

「わぁ、凄い。ありがとう！」

「アリスに喜んでもらえるといいな」

ポンッと渡されて、じっくりと眺める。素敵なプレゼントができた気がする。あとは渡すだけだ。

「錬金術ギルドへの推薦状も渡しとく。時間がある時にギルドを訪ねてくれ」

【錬金術ギルドへの推薦状】レア度☆☆
錬金術士としての実力を保証する書状
錬金術ギルドに提出すると、試験・加入金なしで所属できる

「もしかして、あらかじめ準備してた？」

思わず聞いてみた。レナードさんは口の端を軽く上げて「さぁな」と思わせぶりに答える。絶対、用意してくれてた感じだ。

それだけ、僕の錬金術が成功するって信じてくれてたってことだよね？　勝手にそうだと思っちゃうよ。

「――レナードさん、好きー！　包装も、推薦状もありがとー！」

飛翔《フライ》で飛んで、レナードさんの肩に抱きつく。

今だけモフる権利をあげてもいいな、って思ったけど、レナードさんはモフラーではないらしい。

「はいはい」ってあやすように背中を叩かれた。

「錬金術ギルドに所属しても、錬金術に関して何か疑問があれば、いつでも聞きに来ていいからな」

優しいなー。僕はレナードさんの弟子だって、誇りを持つことにしよう。

シークレットミッション【錬金術士レナードと仲良くなる】を達成しました
報酬としてフレンドカードを獲得しました

フレンドにもなれたみたい。これでいつでも連絡を取れる。やったね。

「はーい、頼りにしてます、師匠！　というわけで、アリスちゃんに会いに行ってきます！」

「おう、行ってこい。ひよっこ弟子」

別れ際、弟子として認められた言葉が、胸がくすぐったくなるくらい嬉しかった。

まだ、ひよっこだけどね！

錬金術もしっかり育てて、もっとレナードさんに認められたいなー。

早速プレゼントを渡したいな、ってことで、フレンド欄からアリスちゃんに連絡。

――すぐに返事があった。僕たちが出会った公園にいるんだって。ナイスタイミングだったみたい。子猫がまた木に登っておりられなくなったって感じもしないし。

会いに行くね、と送って、街をルンルンと跳ねる感じで歩いちゃう。久しぶりにアリスちゃんに会えるのが嬉しいんだからしかたないよね。

「あ、飛ばないと、道覚えてないや……」

地図はあるけど、あの公園は入り組んだところにあるみたいなんだ。飛んだ方が速い！　という
わけで、びゅーんと飛んでみる。

最初に街を飛んだ時より、飛ぶ速度が上がったから、なんだかアトラクションに乗ってる気分だ。

調子に乗ると、滞空可能時間を超えちゃって落下するから注意が必要。

この街は何度見ても綺麗。今のところ天気は晴ればっかりだけど、雨に濡れた街も素敵なんじゃ
ないかな。

「夜空を飛ぶのも楽しそうだなー」

夜飛ぶなら、きちんとライトとかを用意しないとまずい。後でレシピを調べてみよう。

「――あ、アリスちゃんはっけーん！」

住宅街の中にある小さな公園。

アリスちゃんは木の下で子猫と猫じゃらしで遊んでるみたい。ほのぼのだね。

シュタッとカッコよく地面におり立つ――つもりだったけど、バランスを崩した。ヨロッと転び
かけて、意地で踏ん張る。

「わぁ、モモ……だいじょうぶ？」

「だいじょぶだいじょぶ」

……恥ずかしぃ。転びかけたところ、目撃されちゃった。

アリスちゃんが慌てて近づいてくるから、ジャンプして元気アピール。防御力のおかげで滅多に怪我しないので、ご心配なくー。

「それなら、いいけど……」

「見なかったことにしてください。それより、アリスちゃんに久しぶりに会えて嬉しい！」

「わたしも！」

にこにこ。アリスちゃんは相変わらず可愛いです。今日はラベンダー色のワンピースが似合ってるね。これは、ネックレスも合う服装なのでは？　喜んでもらえるといいなー。

「今日はアリスちゃんにプレゼントを持ってきたんだ！」

「プレゼント？　わたし、たんじょうびじゃないよ」

「あ、そういうのじゃなくて」

不思議そうに首を傾げるアリスちゃんの手を引いて、転寝《うたたね》を始めた子猫の隣に腰かける。ここ、涼しい風が吹いてきて気持ちいー。

「この前、アリスちゃんが僕に光魔石をくれたでしょ？」

「うん。モモにひつようかなっておもって」

ほーう？　アリスちゃんは人それぞれ違うものを贈ってるのかな？　それなら、もしリリたちがアリスちゃんに会っても、もらえるのは違う属性の魔石かもしれないのか。

「アリスちゃんにもらった魔石、いい物だったみたいで、凄く助かったんだよ。アリスちゃんが仲良くしたいって思ってくれてるの嬉しかったしね。だから、ありがとうって伝えたくて、プレゼントを用意したんだ」

アリスちゃんは目を丸くしてる。でも聞き終えてすぐに、ふにゃっと照れくさそうに笑った。

「……最高に可愛いな！

「モモがよろこんでくれたなら、よかった」

「めちゃくちゃ喜びましたとも！　でも――」

ちょっと言葉を続けるのを躊躇う。友だちの証としてもらった魔石、錬金術に使っちゃったんだよね。アリスちゃん、どう思うかな？

アイテムボックスから錬金玉を取り出して見せる。

「光魔石、錬金術に使ったから、もう見られないんだ……勝手に使って、怒る？」

窺うように見上げる。悲しい顔をされたら、僕も泣きたくなっちゃうなって思ったけど、アリスちゃんは首を傾げただけだった。

「おこらないよ。モモにあげたものだもん。それをつくったの？」

ホッとした。アリスちゃんはほんとに気にしてないみたい。怒らないだろうとは思ってたけど、悲しまれることもなくてよかった。

「うん、錬金玉っていうんだ」

錬金玉の説明を続けてしたら、アリスちゃんは目をキラキラと輝かせる。ま、まぶしいっ。

「じゃあ、モモのおしごとどうぐなんだね！　それをつくるためにつかってもらえて、わたしもうれしい！」

今度は僕が目を丸くする番だった。

「アリスちゃんも嬉しいの？」

「だって、パパが、おしごとどうぐは、しょくにんのいのちみたいなものだっていってたから。モモにとってたいせつなものに、わたしがあげたものをつかってもらえるなら、うれしいよ！」

アリスちゃんって光属性かな？　心がふわふわと温かくなる。うーん、癒やしだ……

「ずっとずっと、大切にするよ！」

錬金玉を掲げて宣言する。

これは僕の命みたいなもの。そう誇れるように、錬金術のスキルも鍛えよう。

「うん！　れんきんじゅつしさん、がんばってね」

アリスちゃんに応援されたら、がんばらないわけにはいかないねー。

――って、プレゼント渡すのが本題なのに、ほのぼのまったりしちゃってた。

「がんばるよ。それでね、プレゼントなんだけど、これ、新たな友だちの証にしない？」

アイテムボックスから小箱を取り出し、緊張しながら差し出したら、アリスちゃんは期待した顔で嬉しそうに受け取ってくれた。

「なんだろう？」

「開けてみて」

ドキドキ。どんな表情になるかな。気になって、じぃとアリスちゃんを見つめちゃう。

スルッとリボンが解かれる。ゆっくりと開いた箱の中身を認めた瞬間、アリスちゃんの目が大きく見開かれた。見惚《みと》れた感じで凝視してる。

「きれい……」

「錬金術で作ったんだよ」

「そうなの？　れんきんじゅつ、すごいね」

壊れ物に触るように、アリスちゃんはチェリー花のペンダントトップを撫でてる。

ほっぺたが赤くなってて可愛いなー。喜んでもらえたみたいでよかった！

「つけてみてよ」

「……わたしがつけて、いいのかな」

「アリスちゃんのだもん。いいに決まってる」

「ふふ……ママがパパにもらったネックレスみたい……」

照れくさそうにしながらネックレスを取り出したアリスちゃんが、慣れない仕草でつけてくれた。

僕の手、あんまり器用じゃないから、手伝えなくてごめんね。

それにしても、ママがパパにもらったネックレス？

アリスちゃんの家族にとって、ネックレスって特別な感じだったりする？

ちょっぴりランドさんに睨まれる可能性を考えて、ヒエッとなった。

……し、しかたない、よね？　知らなかったし、単純に友だちの証だから！

「ね、どう？　にあってる？」

アリスちゃんの首元にシルバーの鎖。胸元で揺れるピンクの花が大人っぽいけど可愛らしい。あ

んまり語彙力ないから、思いを全部伝えられないんだけど——

「すっっっごく、似合ってる！　可愛いよー」

「ほんと？　ありがとう」

力強く伝えたら、ニコッと笑ってもらえた。僕も心がルンルンします。嬉しいなー、幸せだなー。

プレゼントって、どうして贈る側も楽しくなっちゃうんだろうね。

——きっと、喜びで輝く顔が、一番のプレゼントだからなんだろうな。

「これが、わたしとモモの友だちのあかしだね」

「うん！　ずっと友だち！」

錬金玉も、友だちの証として、錬金術士の命として、大切にするよ。


異世界の住人《NPC》一人との友好度が最大になりました。称号【愛し愛される者】が贈られます

称号【愛し愛される者】
異世界の住人《NPC》との友好度が上がりやすくなる

……おっと？　なんか称号もらっちゃった。

効果がどれくらいあるかはわからないけど、アリスちゃんと凄く仲良くなれたのは嬉しいな！

第五章　なぞなぞ探検です

昨日は幸せな気分のままログアウトした。

おかげで今日も元気いっぱいです。張り切って楽しむよ！

「ここが錬金術ギルドかー」

レナードさんの工房近くにあった建物。錬金玉と錬金布が描かれた看板がついてる。

推薦状をもらったし、早い内に加入しとこうと思って来たんだ。

「こーんにーちはー」

入ったらすぐにカウンターがあった。そこにいた女性が顔を上げる。黒のフードつきローブを着てる、なんか色気のある魔女っぽい印象の人だ。

赤い唇が妖しげな笑みを浮かべるのを見て、ちょっと引いた。

……こ、こわい。僕、錬金術の素材じゃないよー。襲ってこないよね？

「あら。異世界から来た方ね」

「そ、そうです。ギルドに加入したくて来ました……」

恐る恐る近づいて、何か言われる前に推薦状を提示する。

「まあ、推薦状を持ってきた異世界の方は初めてよ。優秀なのね」

うふふ、と笑う女性に、作り笑いを返す。

独特な雰囲気の人だな。大人っぽくて色気があって、たぶんミステリアスな雰囲気に惹かれる人もいるんだろう。あまりに馴染みのないタイプなので、僕は戸惑っちゃってるけど。

「どうかな？　レナードさんが優しかったからかもしれないけど」

「レナード！　彼が推薦状を出すということは、人柄――内面もいいと保証されたようなものね。わたくしたち錬金術ギルドは、あなたを歓迎しますわ、モモ」

推薦状を一瞬で読んで、女性が微笑む。第一印象より、柔らかい雰囲気になった。僕、こっちの方が好きだよ。

「ありがとう。えっと――」

「あら、いけない。自己紹介がまだだったわね。わたくし、はじまりの街の錬金術ギルドでギルド長を務めているミランダよ。よろしくね、可愛い子」

うふふ、と笑いながら、ミランダさんが僕の頭を撫でてくる。

その指先の動きは意外なほど優しくて、心地よかった。なんか好きになっちゃうぞ？　というか、受付担当じゃなくて、ギルド長なのかー。いきなり一番偉い人とか、びっくりした。

「よろしく、ミランダさん！」

「ええ――では、当ギルドの説明をするわね」

ミランダさんが冊子を取り出す。それを見せてもらいながら、説明を聞いた。

錬金術ギルドは錬金術士が加入しているギルドで、各街に一つずつ存在してるらしい。そこでギルド員ができることは四つ。
①錬金術により生産したアイテムを売買。
②ギルドから出される依頼に対して、アイテムを錬金術で作製して納品。
③錬金術に使用する素材の売買。
④ストレージの使用。
「うん？　ストレージ？」

頷きながら聞いていたけど、よくわからない言葉が出てきた。

首を傾げてると、ミランダさんが何かを渡してくれる。

【錬金術士カード】
錬金術ギルドで発行されるカードキー。ギルドに加入している証明にもなる
使用すると、すべての街の錬金術ギルドで、個人のストレージを解錠できる

よくわかんないなぁ。

「ストレージというのは、アイテムボックスの大容量版のようなものよ。持ち運べないけれど、どの街の錬金術ギルドでも、あなた専用のストレージを開けることができるわ――あなたのストレージも用意したから、開けてみて」

ミランダさんは「開けるには、錬金術士カードを宙に翳《かざ》して、扉が開くようなイメージをするのよ」と続けた。

なるほどー。とりあえずやってみよう。

カードを翳して、イメージ――……ふぁっ!? 突然、図書館のようなものが現れた。というか、僕が図書館みたいなところにいる？　たくさん棚が並んでる。本はないけど。

それより、ミランダさんの姿が見えないんだけど、どうしたらいいの？

『その空間はあなたが自由に使えるわ。でも、そこにいる生き物は長く生きていられないから、気をつけてね。うふふ……』

どこかから声が聞こえる。生き物は長く生きられないって、僕もじゃない？　え、出たいよ！

そう思った瞬間に、錬金術ギルド内に戻ってた。ミランダさんが「あらあら、早かったわね」と微笑んでる。

「なんだったの!?」

「ストレージよ。仮想空間に存在する倉庫。使用者が中に入れる、運べないアイテムボックスというところかしら。容量はほぼ無制限だから、必要に応じて使うといいわ」

【ストレージ】

大容量の倉庫。プレイヤー自らストレージ内に入り、アイテムの管理を行える

中に滞在できる時間は一時間。それ以上滞在すると、死に戻りすることになる

一時間も滞在できるなら死に戻りする心配はなさそう。というわけで、安心して再び解錠《かいじょう》する。急に倉庫の中にいるのも、チュートリアル時の転移みたいで、あまり変な感じはしない。

とりあえず、大量にある粘海藻《ネバウィード》をストレージに収納してみよう。

――アイテムボックスから取り出した途端、人間の手の平くらいの大きさの透明な球体ができた。中に粘海藻《ネバウィード》が浮かんでる。綺麗かも。それを棚に近づけてみたら、勝手に吸い込まれるように収まった。球体の手前に【粘海藻《ネバウィード》×99】というプレートがつけられてる。イメージするだけで、数を決めて取り出したり、収納したりできるみたい。面白いなー。

今のところ使わないアイテム、全部しまっとこう。死に戻りしても、ここにしまったアイテムは失われないから便利！

「――ストレージって、凄くいいね！」

錬金術ギルドに戻って、ミランダさんに報告。僕がにこにこと笑ってたら、「あらあら、気に入ったみたいでよかったわ」とミランダさんも微笑んでくれた。

「基本的に、アイテムや素材の売買、ストレージの利用はギルドに来ないとできないから注意してね。依頼はそこの掲示板やメニューから確認して受諾・報告できるわ。自分のホームに工房を作ったら、売買とストレージの利用もホームでできるようになるわよ」

なんですと⁉　めちゃくちゃ便利じゃん。自分のホームを持ちたいっていう思いが強まる。

「たくさんお金稼いで工房持つ！」

「ふふ。工房を作る時は、建築ギルドを訪ねるといいわ。第二の街以降にはあるはずよ」

「わかった！　教えてくれてありがと」

思ってた以上に丁寧に教えてもらえたから、疑問点もなくすっきり。そろそろ移動しよう。

「また来るよ～」

「ええ、あなたが錬金術で作るものを楽しみにしてるわ」

手をふりふり。最初はミランダさんの雰囲気に気圧されちゃったけど、いい人だったー。

チェーンミッション２【錬金術ギルドに所属しよう】をクリアしました
報酬として錬金術士の経験値を獲得しました
チェーンミッション３【錬金術ギルドでの評価を高めよう】が開始しました
ギルド内で出される依頼を達成しましょう

おぉ、ミッションクリアできた。経験値をもらえるのは地味に嬉しい。次のミッションもボチボチとがんばる！

さて、これからどうしようかな。一応、今日の予定は済んだんだよなー。

「うーん。釣りするのもいいし、レベリングもしたいし、料理をしてみてもいいし、早速錬金術を鍛えるのでも――」

したいことといっぱい。たまには、ちょっと掲示板をチェックしてみるか。僕が知らない楽しみ方をしてる人がいるかも。とりあえず目についた掲示板を開いて、ざっと流し読みしてみる。僕に一番馴染みのなさそうな攻略板ってやつだ。みんなノース街道の攻略に手間取ってるみたい。第二の街に辿り着けるまで、まだまだ時間がかかりそう。

「ん……？」

ふと、ある発言が気になった。

『ノースのモンスって、鑑定したら【聖なる地を守る者】みたいな言葉が出てくるけど、あれって何？　ただのフレーバーテキスト？』

『知らね』

『それ、私も気になってました』

『埴輪って死者の魂を守ったり、鎮《しず》めたりするもんだよな。馬っぽいモンスも、埴輪の系統っぽい。どっかに古墳的なものがあるとか？』

『まだ未知の場所にあるかもしれないね』

答えは見つかってないっぽい。そう言われてみると、そんな言葉があったかもしれない。

メニューから【モンスター事典】を開いて確認する。

【モンスター事典】

遭遇したモンスターを鑑定すると記録される

鑑定スキルのレベルが上がると、内容が自動的に更新される

ノース街道で遭遇したモンスターの鑑定結果に【聖なる地を守る者】と書いてあった。

「バトルには関係ないと思って、気にしてなかったなー」

どういう意味なんだろう。聖なる地……気になるね！

でも、探すには、レベリングが必要かな。というか、レベリングと同時進行でいける？

「――まぁ、ぼちぼちと楽しみながら探ってみるか」

今後の大まかな予定を立てて、今日は釣りを楽しむことにした。レベリングは次回から。

スラ君とたくさん魚をゲットして料理するぞー！

【ノース街道】攻略情報求む

1 攻略組パーティ
　ここは攻略情報交換スレだ　有意義な発言を頼む

2 名無しの体術士
　イッチ、説明が短すぎるじゃん……（困惑）

3 名無しの治癒士
　必要十分は満たしているのでは？　マナーは、まぁ……

4 名無しの魔術士
　言葉濁してやるの、優しいね

5 名無しの剣士
　それより、情報！　ノースの奴ら、強すぎねぇか⁉

6 名無しの魔術士
　そうか？
　確かに防御力はとんでもなく高いみたいで、何発もくらわせないといけないけど

7 名無しの体術士
　魔術士には有利なはず　あいつら、水に激弱らしいから

8 名無しの剣士
　知らんかったー……

9 名無しの治癒士

>> 8　これは、鑑定スキルをとってないパターンですね

パーティにもいないんですか？

10 名無しの剣士

>> 9　俺、ソロ

11 名無しの体術士

>>10　ぼっち、どんまい

12 名無しの魔術士

水魔術攻撃の効果が絶大でびっくりしたなー

物理攻撃との差 ww

13 名無しの治癒士

私、水魔術取ってないんですよねー……

14 名無しの体術士

属性相性って、モンズごとに結構大きな違いがあんのかも？

15 名無しの魔術士

モンスごとに性質が違ってる？

それ、鑑定スキルの重要性が増すやつじゃん……

16 名無しの剣士

俺死亡のお知らせ

17 名無しの体術士

>>16　絶望が早いw

18 名無しの魔術士

鑑定スキルに必要なポイント、鬼高くなかったか？

19 名無しの体術士

わかる　俺、モンス鑑定５Ｐってなってて、すげぇ悩んだもん

20 名無しの治癒士

鑑定スキルって細かく分かれてましたしね

私はアイテム鑑定とモンス鑑定をとって、あわせて８Ｐでした

21 名無しの剣士

結構、種族とか職業で、必要Ｐの変化が大きい感じだな

モンス鑑定だけとったけど、７Ｐだった

22 名無しの魔術士

これ、種族も発表して分析したほうがよくね？

23 名無しの体術士

それ、別スレですでに始めてますよー

比較的、魔術士・治癒士でエルフだと鑑定取りやすいみたいです

希少種は参考例が少なすぎる……

24 名無しの魔術士

まじか　スレ探してくる

25 名無しの剣士

もっと有意義な攻略情報かもーん！

◆　◆　◆

234 攻略組剣士
　良いニュースと悪いニュース、どっちから聞きたい？

235 名無しの体術士
　めんどくせぇこと聞くやついるじゃん……って、攻略組⁉
　チーッス、アニキ！　ナマ言ってすいやせん！

236 名無しの治癒士
　こうはなりたくないですね　私は良いニュースからがいいです

237 攻略組剣士
　別にへりくだる必要はないが（苦笑）　まず、良いニュースだ
　第二の街を開放するために倒すべきモンスを見つけて交戦した

238 名無しの魔術士
　マジ？

239 攻略組剣士
　悪いニュースは、敵モンスが強すぎるせいか、レベル１のモンス鑑定では
　情報が出てこなかったことだ　俺たちは瞬殺された……

240 名無しの剣士
　うわっ、敵強すぎじゃん

241 名無しの体術士
　攻略組が倒せないとか、そんなんあり？

242 攻略組剣士
　地道にレベリングして挑むしかなさそうだな

243 名無しの魔術士

私もがんばります　と言いたいところですが、誰かに倒してもらいたい
バトル得意じゃないです

244 名無しの治癒士

同じく　攻略組さん、ふぁいとー

245 名無しの剣士

ゲームだし、好きな感じで楽しんでりゃいいんじゃね？
俺がゲーム内で出会った友だち、ほとんど攻略進めずに釣りとか料理とか、すげぇ楽しんでる
最初はなんだこいつって思ったけど、見てたら楽しそうでいいなって思うようになった

246 名無しの体術士

ケッ、どうせバトルに怖気づいてるだけだろ

247 名無しの剣士

俺245だけど　その友だち、今レベル14って言ってた
スローライフしながら、いつの間にかレベリングもしてて、要領が良いやつだ

248 名無しの魔術士

普通に俺よりレベル高くて草

249 名無しの治癒士

攻略組さんにまざれるのでは？

250 攻略組剣士

いつでも歓迎だぞ！

251 名無しの剣士

マイペースなやつなんで、たぶんない

もしかしたらあいつが勝手に第二の街を開放するかもしれないけど

252 名無しの体術士

どういうこと⁇

253 名無しの剣士

そういう変なやつ

254 名無しの魔術士

わけがわからないよ……

【もふもふ】大好きなもふもふを語りましょう！　【もふもふ】

1 もふらーさん

ここはモフラー（もふもふが好きな人）が集うスレです
モンスでも、ＮＰＣでも、ＰＣでも、好きなもふもふがいたら、情報を共有して楽しみましょう！
ただし、ＰＣの晒し行為はＮＧです
お相手に迷惑がかからないようお気をつけください

♦　♦　♦

387 もふもふ大好き

希少種さん　最近は港によく出没してるらしい

388 もふもふ大好き

釣り好きなんですね　かわゆし

389 もふもふ大好き

おれ新参なんだけど、希少種さんって誰？

390 もふらーさん

実際に会えばわかります　もふもふプリティーなうさぎさんです

391 もふもふ大好き

ＰＣ名は載せられないよ　あと、街で会っても囲んじゃだめ
もふもふは、驚かせないように遠目から楽しむべし

392 もふもふ大好き

なんかわからんけどわかった

とりあえず希少種に会ったら、遠目で愛でろってことな

393 もふもふ大好き

たぶん、街か港にいたらいずれ出会う　見たらわかる

希少種、たぶんあのお方しかいない

394 もふもふ大好き

いや、いますよ

ドラキュラとか、フクロウっぽいのとか

ただし彼ら、ほぼ夜しか行動できないから見る機会少ない

395 もふもふ大好き

結局、スライムになった人、みんなやめた感じ？

あのぷにぷにも可愛かったんだけど

396 もふもふ大好き

弱いから……

397 もふもふ大好き

あのガチャ排出率、いい加減調整しないのかな？　もふもふを求む！

398 もふもふ大好き

希少種、スライム以外だと反則的に強い場合もあるらしいので、調整はしないのでは？

399 もふもふ大好き

スライム並に弱い種族なら、確率上がる可能性があるかも

400 もふもふ大好き

それじゃ、結局希少種選ぶ人増えないじゃん

401 もふもふ大好き

そんなに言うなら、あなたが初めからやり直して希少種になればいいのでは？

402 もふもふ大好き

スライムやだ

403 もふもふ大好き

わがままかよ……

404 もふらーさん

ふわー！　今日も希少種さんかわゆす！

もふもふ、もふもふ……

405 もふもふ大好き

ぶった切ってきたねw　でも助かった

406 もふもふ大好き

もふらーさんはもふもふ好きの第一人者として、希少種さんに話しかけたりしないんですか？

407 もふもふ大好き

スレの注意事項を読め

相手に迷惑かけたらアカンって書いてあるだろ

408 もふもふ大好き

話しかけるのは迷惑なんでしょうか？　普通に仲良くなるための第一歩では？

409 もふらーさん

希少種さんを目の前にすると、あまりの可愛さで足が止まり、
話しかける余裕がありません
希少種さんのお友だちさん、あの方にご紹介くださいませんでしょうか⁉

410 もふもふ大好き

余裕ないのわかる　これが真のモフラー

411 もふもふ大好き

希少種さんのお友だちさんって、金銀のカップルしか見たことない
あのお二人、独特な世界を築いてて話しかけられないわ

412 もふもふ大好き

陰キャか

413 もふもふ大好き

陰キャです　リア充は末永くお幸せに！

414 もふもふ大好き

そこは、爆発しろじゃないんかｗ　優しいなｗ

415 金の方

たぶんここで希少種さんって呼ばれてる人の友だちです
希少種さん、マイペースにゲームを楽しんでるみたいなので紹介はできません
でも、人嫌いってわけじゃなさそうなので、話しかけてみるといいですよ！

416 もふもふ大好き

まさかの関係者ご降臨……　了解です

迷惑にならないように近づきたい……！

417 もふらーさん

うぅ……　自力で、がんばります……

418 金の方

ちなみに桃が大好物らしいです

419 もふらーさん

桃！　プレゼントする！

420 もふもふ大好き

第二の街が開放されないと無理じゃない？

今、市場で出回ってる果物、リンゴだけになってる

421 もふもふ大好き

どんどん交易が滞ってる感じだよね

422 もふらーさん

希少種さんのために、第二の街を開放してきます！

423 もふもふ大好き

攻略組もできてないことだよw

424 もふもふ大好き

もふらーさんのもふもふ愛があれば、できる気がしてきたw

★　★　★

釣りして、料理して、ノース街道でレベリングして——と過ごしていたら、あっという間に一週間が過ぎちゃった。楽しすぎて飽きる気配が微塵《みじん》もない。

リリとルトはアリスちゃんに会えたみたいだから、今頃シークレットエリアの探索をしてるんじゃないかな。シークレットミッションがたくさん出てきて楽しいんだよね。

僕はシークレットエリアで掘り出し物を見つけて、着々とホームインテリアを揃えてる。ホーム持ってないけど。

「んー……まだ、聖なる地の謎が解けた人はいないのかー」

掲示板を確認してポツリと呟く。

気になって時々確認してるんだけど、答えに辿り着いた人は現れない。いわゆる攻略組って言われる人たちは、ノース街道の奥の方まで進んでるらしいんだけど。

そろそろ第二の街が開放されるのかな？　そこまで進んでも、聖なる地に関する情報がないから、ただのフレーバーテキストなんじゃないかって考察まで出てきてる。

ルトは「シークレットエリアのミッションとか、このゲームは隠し要素が多いんだから、何かしらの意味はあるんじゃないか」って言ってた。僕も同意。

攻略を進めるのに関わるかどうかはともかく、面白い展開が待っていそう。というわけで——

「探してみるか！」

気合いを入れて、ノース街道に出発。

万が一死に戻りしてもいいように、アイテムボックス内のアイテムは、必要最低限の物だけ残してストレージにしまってきた。

それに、無理しない程度にバトルをした結果、種族レベルが15になったから、そうそう死に戻りはしないでしょ。ノース街道の奥まで行ったら無理かもしれないけど。

しかも、また種族固有スキルを習得できたんだよね。

スキル【天の祈り《アンジュプレ》】レベル1
自分と味方の魔力を微回復する。この効果は五分間続く

このスキルと魔力自動回復スキルをあわせて使うと、あら不思議！　魔術を使っても魔力が減らな〜い！　まだ、僕がレベル2までの魔術しか使えなくて、魔力消費量が少ないっていうのも理由だろうけど。

「ルンルン〜♪」

鼻歌を歌いながらバトルフィールドを飛ぶ。

たまに着地した時にモンスターとバトルになるけど、埴輪人形《ハニワーレム》やゴーレムなら逃げ切れる。だてに素早さを上げてないからね。

他のモンスターは木の罠《ウッドトラップ》で拘束してから、水の槍《ウォーターランス》で仕留めるのが一番効率がいい方法だって学んだ。これをするために、木魔術も育ててレベル2にしたんだよ。

「よし、到着！」

ほどほどにモンスターと戦いつつ、やって来たのはリリたちと採掘した洞窟前。

攻略組が謎を解明できてないってことは、奥へ進むより、寄り道するのが正しいのでは？

そう考えたら、真っ先にここが思い浮かんだんだ。一番手前の採掘ポイントまでしか探索してないし、奥はまだ謎だから。

掲示板を軽く探してみたけど、ノース街道で採掘してる人はほとんどいないみたい。鍛冶士としてメインで活動する予定の人も、今はレベリングをがんばってるんだって。

「いざゆかん、採掘へ——って違う、聖なる地を求めて！」

杖を掲げて気分を上げてみたけど、本心が漏れちゃった。

錬金術って結構鉱物使うから、採掘したいんだよね〜。そのために自動採掘機も作ってきたんだ。明かりは【松明α《たいまつアルファ》】を用意した。前に作った松明（木の枝＋草玉）に石炭を足して錬金したら、使用可能時間が三倍（三時間）になったんだよ。

「準備完了、出発！」

一人だとちょっぴり寂しいので、声を出してテンション上げます。

洞窟を道なりに進んでたら、洞窟蝙蝠《ケイブバット》や洞窟鼠《ケイブラット》に不意打ちされる。でも、僕は防御力が高いからダメージをほとんどくらわないいし、すぐ回復するという楽勝具合。僕、つよーい！

「――おっと、採掘ポイント発見」

ちょっと広くなった洞窟内の採掘ポイントに自動採掘機をセット。スタートさせたら、半径十メートルの範囲にある採掘ポイントを自ら探して採掘を続けてくれる。楽だな～。

「ここ、リリたちと採掘したところと同じだ。どれくらいで採掘ポイント復活するんだろう？」

杖を構えながら考える。ガツガツと掘り進めてる音がうるさいなぁ。自分で掘るより音が大きく感じる。

「――やっぱり来たな、鉄鉱石のゴーレム！」

音につられてやって来た巨体を見据えた。絶対来ると思ってたんだよ。

木の罠《ウッドトラップ》をかけて接近を止めながら、ひたすら水の槍《ウォーターランス》で攻撃。物理系の攻撃手段は持ってないから、接近されたら自分の防御力と回避力に頼るしかない。回避スキルはレベリング中に入手したけど、使わないといけないほどに追い詰められるのは嫌！

「ふぅ……やっぱり防御力高い敵は手強いなぁ」

攻撃し続けて、どうにか遠距離で倒しきれた。ホッと一息つく。

自動採掘機は次々に採掘ポイントを掘り進めてて、最後の一つがもうすぐ掘り終わりそうだ。近場の採掘ポイントを自動で巡るって、ハイテクだよね。ちょっとロボット掃除機っぽさがある。

しばらくリンゴを齧りながら休憩。うまうま。そろそろ他の果物も食べたい。

最近、市場でリンゴ以外の果物を見ない。早く第二の街オースとの交易を回復させたいなぁ。

「あ、終わってる。よし、さっさと奥に進もう」

停止した自動採掘機と採掘できたアイテムをしまって、再び洞窟を進む。ここから先は、行ったことがない場所だ。見た感じは、これまでの洞窟と変わらないんだけど――

「おお？　エリア表記が【ノース採掘場跡《さいくつじょうあと》】ってなってる」

やっぱりここは、放棄された採掘場なんだね。ところどころに壊れたツルハシとかトロッコの線路とかあるから、そうなんだろうと思ってたけど。

道なりに進んでたら、壁に開いた穴を発見した。

人間だったら、四つん這いになってギリギリ通れる大きさかな。僕なら多少狭さは感じるけど普通に通れそう。

「これは……行く？　行っちゃう？」

ここまで、洞窟蝙蝠《ケイブバット》や洞窟鼠《ケイブラット》ばかり現れるから、ちょっとだけ飽きてきてたんだ。洞窟はまだ続いてるけど、脇道に逸れちゃってもいいかな……

うん、探索を楽しみに来たんだし、行かなきゃ損だよね！

ということで、どんどん進みます。正面から敵が来た場合に備えて、杖を構えとこう――って思ったら、早速来た⁉

「――突進土竜《ラッシュモール》じゃん！　君、ここにもいたんだね⁉」

てっきり、ノース街道の草原エリアにしかいないんだと思ってた。

慣れというものは凄い。突進土竜《ラッシュモール》を見た瞬間に、反射的に木の罠《ウッドトラップ》から水の槍《ウォーターランス》のコンボ技を繰り出してたんだもん。一発ノックアウトだよ。やったね。

突進土竜《ラッシュモール》を倒しました。経験値と【頑丈《がんじょう》な鉄のツルハシ】を入手しました

【頑丈な鉄のツルハシ】レア度☆☆
モンスターからドロップする頑丈なツルハシ
採掘の際に使うと、速度・量・品質が少し上がりやすくなる。耐久値20

またツルハシをもらった。普通の鉄のツルハシより耐久性があるみたい。

でも、僕は自動採掘機の楽さを実感しちゃったんだよなー。果たして、自分の手で再び採掘する日が来るのかな。

「——というか、ここってもしかして、突進土竜《ラッシュモール》が掘った穴……？」

サイズ的にぴったりな気がする。突進土竜《ラッシュモール》がツルハシを持ってる理由も、これで納得できるし。

さらに進んでたら、道がどんどん分岐していく。そして、突進土竜《ラッシュモール》との遭遇率が高い。ここは突進土竜《ラッシュモール》が作った道ってことで確定かも。

「これ、僕、ただの迷子になるのでは？」

ちょっぴり不安になったけど、マップを開いたら、きちんとこれまでの道順が記録されてた。

……僕、道がない空白地帯を歩いてることになってるみたいだけど。

「——だ、大丈夫。帰れるから、うん、問題ない……」

脇道に逸れすぎた疑惑をなかったことにする。いつかどこかに辿り着くさ！

もしかしたら、正規ルートを短縮できてるのかもしれないし。

突進土竜《ラッシュモール》を倒しながら進むこと三十分ほど。さすがに飽きてきました。もっと違うモンスターか、目新しい景色を見せてくれー！

「むむっ……スラ君を喚《よ》ぼう」

退屈しのぎにはなるでしょ。釣りの連携技でスラ君もレベルアップしたらしく、テイムしたての時より強くなってるっぽいし。釣りって、バトルほどじゃないけど経験値が入るみたいなんだ。

スラ君は小さい魚系モンスターを吸い込んで大量に捕まえてたから、塵も積もれば山となる的に経験値が貯まってるんだろう。でも、正確なレベルとかはわからない。スラ君のステータスを見られないんだもん。たぶんテイマーになったら、わかるようになるんだと思う。

「【召喚】スラ君」

「きゅぃ！」

現れたスラ君は『洞窟だね！　バトルかな』とやる気満々な感じ。

地道に召喚を繰り返した結果、召喚スキルがレベル3になって、二体のテイムモンスターを十五分間召喚できるようになったんだ。一緒にたくさん過ごそうね〜。死んじゃうと六時間再召喚できなくなるから、死なない程度に好きにバトルしていいよ。

「スラ君、突進土竜《ラッシュモール》が来たよー。レッツ、バトルだ！」

「きゅぃ！」

軽く指示を出したら、突進土竜《ラッシュモール》に飛びついたスラ君があっさりと吸収を始めた。透明度が下がって、スラ君の中は見えない。溶けてるとこ、判別できなくてよかったな……？

「えっ……つよ……」

予想外な結果に固まっちゃう。

もしかしてスライムって、レベルアップによる成長率が半端ないのでは？　プレイヤー種族選択の希少種ガチャでスライムが出ても、最初にレベリングを上手くできれば、凄く強くなれた感じ？

「きゅぃ！」

「……よくできましたー！」

勝利したスラ君は、なんだか誇らしげ。

驚いたけど、とりあえず褒めておく。跳ねてるスラ君可愛い。でも、そんな跳ねてると――

「きゅぴっ⁉」

「天井にぶつかっちゃうよね～。落ち着きなよ」

狭い洞窟なのでしかたなし。天井にぶつかった反動で、地面にベチャッと潰れてるスラ君を見たら、なんだか面白くなってきた。こんなに平べったいスラ君、初めて見たよ。

笑ってたら、なんか不穏な音が聞こえた気がして耳を澄ます。聴覚鋭敏スキルを使用。

「――っ、スラ君、こっち！」

「きゅぃ？」

きょとんとしてるスラ君を引っ掴んで、来た道を駆け戻る。

その次の瞬間に、天井が崩落した。ちょうどスラ君がぶつかったところだ。

「ふぃー……あのままだったら、スラ君潰されちゃってたね」

「きゅぃー……」

スラ君と一緒に、落ちてきた岩と天井の穴を観察。なんか、入れそう？　というか、上に空間があるみたいなんだよね……

岩が道を塞いじゃってるから、前には進めなそうだし、上に行ってみるか。

「スラ君、一緒に行こう」

「きゅぃ！」

気合いを入れ直した様子のスラ君を連れて、探索再開。

道を進み続けて十分ほど経つとスラ君は帰還してしまったので、ちょっぴり寂しさを感じてたんだけど——

「おお？　なんか、広いとこに出た」

ここが終着地かな。隠れるようにしながら、密かに広場の様子を窺う。

広場は日差しが降り注いでて明るい。松明αはしまってもよさそうだ。

上には丸い空が見えた。ここは縦穴の底らしい。随分と深い穴だ。壁面にはいくつも小さな穴があるから、ここへ辿り着く道はたくさん存在してるのかもしれない。

「——気になるのは、あれだよねぇ」

広い空間の中央に、古墳のような土の盛り上がりがある。

――って、モンスターに気づかれた！

襲ってくる埴輪人形《ハニワーレム》から逃れるために、一旦広場に出てから、飛翔《フライ》で壁の上側にある穴に退避。

埴輪人形《ハニワーレム》より突進土竜《ラッシュモール》の方が対処しやすいから、ここの方が安全。

「ここに埴輪人形《ハニワーレム》がいるのかぁ。あっちの方にはゴーレムも。厄介な場所だなぁ」

動きが遅いから逃げられるけど、一度バトルが始まっちゃったら、袋叩きにあっちゃいそうな数のモンスターだ。一体倒すのにも時間がかかるから。

「それにしても、ここが聖なる地ってことでＦＡ《ファイナルアンサー》では？」

埴輪人形《ハニワーレム》たちモンスターは、あの古墳っぽい場所を守ってるんだ。それがどうしてかっていう理由はわからないけど。

「こんな時こそ、鑑定スキルの出番！」

主に魚系モンスターや料理を鑑定しまくった結果、全鑑定スキルはレベル２になったんだ。情報量が増えてるはず。

エリア【古《ふる》き王《おう》の古墳《こふん》】
かつてこの地を治めていた偉大なる王が眠っている古墳
王は古竜《エンシェントドラゴン》と契約を結び、多くの民を守っていたという伝承がある

「おお？　これ、王様のお墓なのか！」

古竜《エンシェントドラゴン》と契約を結んでたって説明は気になるけど、大体納得できた。偉大なる王様の眠りが妨げられないように、モンスターたちが守ってるんだね。

でも、王様ってテイマーだったのかな？　今に至るまで、モンスターが人間を守ってるって、ちょっと不思議。

「まぁ、いいや。謎は解けたし、僕はここを荒らすことなんてしないよー。ゆっくりお眠りください」

なむなむ。手を合わせて、目を瞑る。

達成感を得られたので十分満足です。そろそろ帰ろうかな。あの上部の穴から飛んで出たら、街に帰りやすいかも？

『――我が王に敬意を払いし小さき者よ。感心した。我が身を見ることを許そう』

「ふぇっ⁉」

急に誰かから話しかけられた。厳《おごそ》かな感じの低い声。

驚いて奥に退避しちゃったけど、一拍おいて言葉の意味を理解して、また広場近くに戻る。

広場には、いつの間にか大きなドラゴンっぽいモンスターが現れてた。

というか、これ、古竜《エンシェントドラゴン》なのでは？

僕は高いところにいるはずなのに、ばっちりと目が合う。

……あなた、大きいね？　小さき者って言われたけど、あなたに比べたら大抵の生き物が小さいと思うよ。

『我《われ》は火を司《つかさど》る古竜《エンシェントドラゴン》。我が友がくれた名はイグニスだ。特別に、そなたもこの名で呼んでもいいぞ』

「て、丁寧なご挨拶、ありがとうございます……？」

イグニスさん、見た目の厳つさと違って優しそう。ちょっと安心した。

『そなたは何を求めて、この地に来た？　願いを叶えることを求めたわけではあるまい』

「聖なる地っていう謎の解明をしたかったんだけど……願いを叶えるって何？」

『人間は昔、この地に来れば願いが叶うのだと言って、大挙してやって来た』

なんかうんざりした感じの声。そんな話は聞いたことないんだけど、相当昔のことなのかな？

『――故に我はこの地に山を築き、人間が訪れられぬようにして、友の眠りを守っているのだ』

「おおっと……もしや、サクノ山ができた理由って……？」

『うむ。友のためだ』

イグニスさんが重々しく頷く。

そっかー。カミラが言ってた、サクノ山が火を噴くのは火の古竜《エンシェントドラゴン》によるもの、っていうのは正しかったのかも。

「火で山が作れるんだ？」

『地面を溶かして、底にあるマグマを汲み上げる。それを繰り返せば山となる』

火山活動を火で促進させてたってことかな？　ここは古墳があるから、火口じゃないいんだろう。

ちょっと安心。いきなり噴火したら怖いもん。

「そこのモンスターたちは、王様が使役してたの？」

今は大人しくなっている埴輪人形《ハニワーレム》たちを指し示す。

『あれらは我の眷属《けんぞく》だ。ゆえに、我の影響で、土属性のモンスターなれど、木属性に弱いという欠点がないであろう？　ただ、水属性が随分と苦手になってしまったようだが……』

おっと……土属性って、本来は木属性が弱点なんだ？　気にしてなかったなー。

埴輪人形《ハニワーレム》たちに水属性の攻撃でびっくりするくらい大ダメージを与えられたのは、彼らが火属性のイグニスさんの眷属《けんぞく》になった影響だったんだね。

「どうして、わざわざモンスターを眷属にしたの？」

『我が気軽に外を歩けば、人間たちが恐怖するだろう？　友が守りし者たちの末裔《まつえい》に、そのような混乱は極力もたらしたくない。だが、侵入者を退治する役目を担《にな》う者は必要だ』

「なるほど、斥候《せっこう》みたいなものかー」

納得しました。イグニスさんは人間に煩《わずら》わされるのは嫌だけど、人間を脅かしたいわけでもないんだね。友だちだった王様の思いを、今も大切にしてるんだ。

モンスターとこんなに深い関係を築けるって、その王様、凄くいい人だったんだろうなぁ。

『うむ。この山の周囲でモンスターが暴れぬよう、監視もしておるぞ。強大なモンスターにより、この地が攻撃されることは避けたいがゆえにな』

イグニスさんはサクノ山一帯の治安を守っていた……？　あれ？　でも――

「第二の街近くに強いモンスターが現れたのは、放っておいてるの？」

第二の街開放のためのミッションになっているであろうモンスターのことを言ってみる。なんかイグニスさんが言ってることと状況が、矛盾してる気がするんだよね。

『……なに？』

不意にイグニスさんの声が怖い感じになった。地響きのような声っていうか……おどろおどろしい？

「ヒエッ、急にどうしたの？」

『ぬかった……微睡《まどろ》みすぎて、報告を受け損ねていたぞ。そのモンスターとやらは、大陸と島を繋いでいるところにいるのか？』

「た、たぶん？」

掲示板に出てた情報によると、第二の街に繋がる道は途中から高い岩山に挟まれていて、そこをモンスターが塞いでるんだって。攻略組が一回戦ったみたいだけど、瞬殺されたらしい。

『よき情報をくれた。褒美に、我が戦っているところを見せてやろう』

「へっ？」

急展開。

驚いている間に、なぜかイグニスさんの頭に乗せられてた。これは、もしかして——？

「ふわぁああっ⁉」

凄い勢いで浮き上がって、上部の穴から外に出る……ここ、山の頂上付近だったみたい。

まぁ、落ち着いて観察してられる余裕はないんだけど。

「ぎゃあああっ！」

『うるさい』

「これが、叫ばずに、いられるかぁあああっ！」

イグニスさんが飛ぶ速度ハンパない。風のせいで、僕は吹っ飛んじゃいそう。必死に近くの突起を掴んでるけど、腕がぷるぷるしてるよぉ。僕、飛べるけど、この勢いで落ちたくない！

『……ふむ、あやつか。確かに土塊《つちくれ》どもには敵わぬ相手だろうな』

不意に風が穏やかになった。イグニスさんは進むのをやめて、滞空してる。

おそるおそる下を見たら、岩山の谷間にある道がモンスターらしきもので塞がれてた。

あれが街同士の交易を乱した元凶のモンスター？　よく見えないなぁ。とりあえず、鑑定！

【岩犀《ロックライノ》】

土・木属性のモンスター

高い防御力と攻撃力を持ち、向かってくる敵に即死攻撃をする

主な攻撃は突進と岩落とし。得意属性【風・土】苦手属性【なし】

二属性モンスターは初めて見たなぁ。即死攻撃持ちとか、怖すぎる。攻略組が瞬殺された理由がわかったよ。

というか、あれ、サイなの？　よく見ると、そう見えるような？

……嘘です。ここからだと、ゴマ粒のようにしか見えません。

『あれならば、我の息吹《いぶき》だけで倒せるだろう』

「そうなの？」

『うむ。だが、我の頭の上にいると、そなたは熱波で火傷する可能性がある。あの岩場で見ておれ』

親切に、イグニスさんは僕を岩山に下ろしてくれた。切り立った崖の下に、岩犀《ロックライノ》がいるのが見える。ここも高いけど、浮いてない地面の安心感が凄いです……

もうあんなジェットコースターみたいな感じで飛びたくない。

『では、やるぞ』

その言葉が『殺《や》るぞ』って言ってるように聞こえた。たぶん、あながち間違ってない。

飛び上がったイグニスさんが、大きく口を開ける。

うわー、周囲の空気が揺らいで見えるくらい、熱が集まってるみたい。

『──火の鉄槌を下す』

真っ白に見えるほど高温な炎の滝が岩犀《ロックライノ》に降り注いだ。

熱い！　暑いじゃなくて、熱い！　直撃くらってないのに、十分熱い！　火傷はしてないみたいだけど。これ、絶対オーバーキルってやつでは？

「──ふぁっ⁉　地面が真っ赤でドロドロ！」

炎が消えた後は、崖下が地獄みたいな景色になってた。

地面が溶けてるー。溶岩かなー。ふははー……——環境破壊、ハンパないですね⁉

半ば呆然としながら驚いていたら、不意にファンファーレが聞こえた。

ワールドミッション【商人を喰らう怪物を追い払う】がプレイヤーによって達成されました
これより第二の街オースが開放されます

な、なんだと……⁉

もしかしなくても、これ、イグニスさんがやったことなのでは？

どうしてプレイヤーが達成したことになってるの。異世界の住人《NPC》と一緒にミッションをクリアしたら、プレイヤーの功績になるってこと？

「これが、棚からぼた餅？　絶対正規の攻略ルートじゃないでしょ。本来ならどうクリアするものだったのか気になる……」

プレイヤーでも、レベリングすれば勝てるモンスターだったのかな。一戦もしてないから、全然わからないや。


ワールドミッション達成報酬として、称号【開放《かいほう》せし者《もの》】、スキル【転移《てんい》】が贈られます

称号【開放せし者】
街を開放するワールドミッションをクリアした者に贈られる称号
種族レベルが上がりやすくなる
スキル【転移】
ピンをさした場所に転移する
ピンをさすには、さしたいところで【転移ピン】と唱える
さしたピンはマップ上に表示される。ピンを消すのはマップ上で可能
させるピンの数はそれぞれの街に三つ、バトルフィールドには一つ
バトルフィールドにさしたピンは、現実時間で一日（ゲーム内時間で四日）不使用の場合、消失する

称号!? 凄いものもらえちゃった。効果めっちゃいいね。レベリングが捗りそう。

転移スキルも最高じゃん！ 使ってみないと、実際がどんな感じなのかわからないけど、便利なのは間違いない。こういうスキルないのかなってルトたちと話したことあったなぁ。

ランドさんの薬屋とか、レストさんの酔いどれ酒場、レナードさんの錬金術工房にピンをさしてたら、依頼の納品とかしやすくなるかも？

岩犀《ロックライノ》討伐報酬として、アイテム【岩犀《ロックライノ》の杖】【打出《うちで》の小槌《こづち》】【初級魔力回復薬《しょきゅうまりょくかいふくやく》】が贈られます

【岩犀《ロックライノ》の杖】レア度☆☆☆
魔術士用の武器
魔力攻撃力が＋15、風・土属性のモンスターへの攻撃力が30パーセント上昇する
【打出の小槌】レア度☆☆☆
ゲーム内時間で一日に一回使用可能。使用すると、ランダムでお金を入手できる
【初級魔力回復薬】レア度☆
魔力を5回復する

アイテムもくれるの？　さすがワールドミッションになるモンスターだ。報酬が豪華！

【岩犀《ロックライノ》の杖】は、取り出してみたら大きくてゴツかった。これ、サイの角を削って作られてない？　僕が使うなら、錬金術でサイズ調整してからじゃないと、動きにくくなりそうだなぁ。

謎な【打出の小槌】は、見た目は金色の小槌。ランダムでお金をもらえるらしいけど……ものは試しに、早速使ってみよう！

軽く振ってみたら、目の前で円形のルーレットが回った。表示されてる数字は、一番小さいのが百で、一番大きいのが一万。八割くらい百が占めてる。

止まった時に上部の三角形が指したのは百……ですよねー。

「毎日してたら、いつか一万が当たるかも？」

正直、地道に薬草を売った方が効率がいい気がする。でも、不労所得ってこんなもんでしょ。

「最後のアイテムは魔力回復薬かー。やっと出てきたって感じ。これまで自然回復かスキルでの回復しかなかったもんね」

説明を見るまでもなく、これまで密かに望んでたアイテムだとわかった。

第二の街では、魔力回復薬が作れるようになるのかな？　はじまりの街では、作るための素材自体が存在してなかったんだよねぇ。

「それにしても、僕の行動が第二の街開放に繋がるなんて……あ、果物屋さんの依頼、達成できてるかも？」

ミッションリストを確認。

――んん？　まだ達成できてないみたい。これ、障害になってるモンスターを倒すだけじゃだめなのかな。流通を回復させることが必要なんだもんね。第二の街に行ってなんらかのアクションを起こさないといけないのか、それとも時間経過で達成になるのかな？

ちょっと様子見しよう。

というわけで、確認は終わったんだけど、これからどうするべき？

首を傾げてたら、フレンドチャットに連絡がきてることに気づいた。ルトだ。

ルト：おっす。お前、やったな？

モモ：やったって、何？　リリにランダムボムを渡したのは僕だよ

ルト：それじゃねぇけど、それもお前かよ。そんなことだろうと思ってたけど
あれ、バトルでいきなり使われて、地面からお前の石像生《は》えてきて爆笑した

何それ。僕も見たかった。きっとプリティーだったんだろうな！
ランダムボムっていうのは、錬金術で作ったアイテムだ。ビー玉くらいの大きさで、投げるとランダムな魔術で攻撃できるんだって。
レベリング中にゴーレムを倒してたら、たくさん土魔石をゲットしたから作っちゃった。それで、敵に接近された時とかに便利かと思って、リリにあげたんだ。

モモ：僕の石像を見られてラッキーだったね！
ルト：笑ってたせいで、敵から攻撃受けた。この恨み、次会った時に晴らすからな

こわっ。しばらく、ルトには会わないでおこう。チャット閉じようかな？

ルト：そんなことより、お前だろ、ワールドミッションクリアしたやつ
掲示板の攻略スレが大騒ぎだぞ。誰がクリアしたかって、探されてる
攻略組を自称してる連中じゃないことは、それぞれが証言してて確定されてる
モモ：それ、僕がクリアしたってバレたらどうなる感じなの？

ルト：知らね。攻略方法尋問されるんじゃね？　つーか、俺も聞きたい

うーん、見つかりたくないなぁ。友だちと交流するのは楽しいけど、見ず知らずの人に詰問されるのは普通にヤダ！

モモ：ルトとリリにならら、今後会った時に話すよ
それ以外の人には僕だってバレないようにして！
ルト：俺がどうにかできるもんじゃないと思うけど
一応、掲示板の動向を気にしとく
それより、お前どうせ、正規ルートじゃない攻略だろ？
聞くの楽しみにしてる
モモ：ご明察！
楽しいかどうかはわからないけど、聖なる地の謎も含めて教えるよー
ルト：やっぱ、そこの流れか。さすがマイペースに生きてるやつだな
モモ：それ、褒めてる？

微妙な評価に、「んん？」と首を傾げてたら、上空から地面を震わせるような声が響いた。

『ふむ……こんなものか』

岩犀《ロックライノ》がいたところを観察して、イグニスさんが頷いてる。

なんか、存在を忘れてた感じになって申し訳ない。いろいろと確認することがあってね……

下を見たら、赤々とした溶岩みたいになってたところが少しずつ冷えて、黒くなってきてた。そこにおりる気は全然しないけど。だって、まだ空気が熱い！

「イグニスさん――って、ええ!?　待って！」

なぜかイグニスさんが方向転換してる。慌てて呼びかけるけど、反応してくれない。

「うわっ!?」

ビュン、と突風が吹いてきて、転がっちゃう。岩山からの落下は免れたけど、ヒヤヒヤした。

なんとか近くの岩場に身を潜めて、風が止むのを待っていたら、嫌な予感がふつふつと――

「って、イグニスさん、いなくなってんじゃん！」

どういうこと？　僕をここに連れてきた張本人が、なんも言わずに去っちゃうとかありなの？

岩場にピューッと風が吹く。ここ、高い岩山なだけあって結構風が強いなー、あははー……

「ほんとに、僕、どうしたらいいの……？」

一人ぼっちで馴染みのない場所に放置されて、ちょっぴり心細い。

「――……リリ、ルト、助けてーっ！」

高い岩山って、声がめちゃくちゃよく響くみたいだ。

……そんなこと、身をもって知りたくなかったよ！

勘違いの工房主
Kanchigai no ATELIER MEISTER
英雄パーティの元雑用係が、実は戦闘以外がSSSランクだったというよくある話
アトリエマイスター
1~11
時野洋輔
Tokino Yousuke
2025年4月6日より
TVアニメ放送開始!!
放送:TOKYO MX、読売テレビ、BS日テレほか
配信:dアニメストアほか
シリーズ累計95万部突破!(電子含む)
1~11巻好評発売中!
コミックス1~8巻好評発売中!
英雄パーティを追い出された少年、クルトの戦闘面の適性は、全て最低ランクだった。
ところが生計を立てるために受けた工事や採掘の依頼では、八面六臂の大活躍! 実は彼は、戦闘以外全ての適性が最高ランクだったのだ。しかし当の本人は無自覚で、何気ない行動でいろんな人の問題を解決し、果ては町や国家を救うことに——!?
勘違いの工房主
時野洋輔
武器や魔法の適性は最低だけど、それ以外全部SSSランク!
無自覚な町の救世主様は勘違い連発!?
読者賞受賞作!
勘違いの工房主
時野洋輔
古川奈春
規格外の少年が世界を振り回す!?
人助けしただけなのに…
読者賞受賞の超人気作、待望のコミカライズ!
◉Illustration:ゾウノセ
◉11巻 定価:1430円(10%税込)
1~10巻 各定価:1320円(10%税込)
◉漫画:古川奈春 ◉B6判
◉7・8巻 各定価:770円(10%税込)
1~6巻 各定価:748円(10%税込)

強くてニューサーガ
NEW SAGA
1~10
阿部正行
Abe Masayuki
シリーズ累計90万部突破!!(電子含む)
2025年7月より
TOKYO MX、ABCにて
TVアニメ放送開始!
魔王討伐を果たした魔法剣士カイル。自身も深手を負い、意識を失う寸前だったが、祭壇に祀られた真紅の宝石を手にとった瞬間、光に包まれる。やがて目覚めると、そこは一年前に滅んだはずの故郷だった。
魔王討伐!!
強くてニューゲーム!?
世界の運命を変える2周目の冒険が始まる
各定価:1320円(10%税込)
illustration:布施龍太
1~10巻好評発売中!
待望のコミカライズ!
1~10巻発売中!
漫画:三浦純
各定価:748円(10%税込)
大人気“2周目冒険ファンタジー”待望のコミカライズ!!
魔王討伐…と思いきや
強くてニューゲーム
アルファポリスHPにて大好評連載中!
アルファポリス 漫画
検索

ひょんなことから異世界に転生させられた普通の青年、神城《かみしろ》タケル。前世では何の取り柄もなかった彼に付与されたのは、チートな身体能力・魔力、そして何でも見つけられる「探査《サーチ》」と、何でもわかる「調査《スキャン》」という不思議な力だった。それらの能力を駆使し、ヘンテコなレア素材を次々と採取、優秀な「素材採取家」として身を立てていく彼だったが、地底に潜む古代竜と出逢ったことで、その運命は思わぬ方向へ動き出していく——

1~16巻 好評発売中!

●Illustration:海島千本(1~4巻)オンダカツキ(5~6巻)黒井ススム(7巻~) ●16巻 定価:1430円(10%税込)/1~15巻 各定価:1320円(10%税込)

●漫画:ともぞ B6判 ●8巻 定価:770円(10%税込)/1~7巻 各定価:748円(10%税込)

この作品に対する皆様のご意見・ご感想をお待ちしております。

おハガキ・お手紙は以下の宛先にお送りください。

【宛先】

〒 150-6019 東京都渋谷区恵比寿 4-20-3 恵比寿ｶﾞｰﾃﾞﾝﾌﾟﾚｲｽﾀﾜｰ 19F
（株）アルファポリス　書籍感想係

メールフォームでのご意見・ご感想は右のＱＲコードから、
あるいは以下のワードで検索をかけてください。

アルファポリス　書籍の感想　検索

ご感想はこちらから

本書はWebサイト「アルファポリス」(https://www.alphapolis.co.jp/）に投稿されたものを、改題、改稿、加筆のうえ、書籍化したものです。

もふもふで始《はじ》めるのんびり寄《よ》り道生活《みちせいかつ》
便利《べんり》なチートフル活用《かつよう》でＶＲＭＭＯの世界《せかい》を冒険《ぼうけん》します！

ゆるり

2025年3月30日初版発行

編集ー和多萌子・宮坂剛
編集長ー太田鉄平
発行者ー梶本雄介
発行所ー株式会社アルファポリス
〒150-6019 東京都渋谷区恵比寿4-20-3 恵比寿ｶﾞｰﾃﾞﾝﾌﾟﾚｲｽﾀﾜｰ19F
TEL 03-6277-1601（営業）　03-6277-1602（編集）
URL https://www.alphapolis.co.jp/
発売元ー株式会社星雲社（共同出版社・流通責任出版社）
〒112-0005東京都文京区水道1-3-30
TEL 03-3868-3275
装丁・本文イラストーにとろん
装丁デザインーAFTERGLOW
印刷ー中央精版印刷株式会社

価格はカバーに表示されてあります。

落丁乱丁の場合はアルファポリスまでご連絡ください。

送料は小社負担でお取り替えします。


ISBN978-4-434-35489-2 C0093